Fuchstraum

DAS LABYRINTH HINTER MEINEN AUGEN

eine Novelle

PROOF Verlag Erfurt

PROOF Verlag Erfurt

1. Auflage
Erscheinungsjahr: 2020

Autor: Christoph Große alias Fuchstraum

Illustrator: Clemens Beyerlein (Next Gate Art)

Fotografin Autorenfoto: Cora Cassandra Kleesiek

Layout & Satz: Anja Stopp

Druck: PROOF Druck- und Medienproduktion

ISBN: 978-3-98-195535-4

Weitere Informationen unter: www.proof-ef.de

VORWORT

Manchmal ist die Welt nicht genug für all unsere Emotionen und Träume. Das ist der Moment, in dem in uns – aus uns neue Welten entstehen.

Ich habe die Ehre viele Menschen in meinem Leben zu haben, die einfach mehr fühlen und wahrnehmen, als es so gemeinhin üblich ist – und oft leiden sie daran. Dabei ist dieses Fühlen eine der Eigenschaften, die sie so besonders und unverwechselbar machen.

Dieses Buch ist für alle, denen die Realität immer wieder einmal zu schwer auf den Schultern lastet.

PROLOG

Jetzt ist alles anders und doch dreht sich die Welt weiter. Auch ich bin anders, denn ich habe einen langen Weg hinter mir.

Die Geschichte ist da, aber die Worte sind tief in mir verschlossen. Um die Tür zu öffnen, muss ich Euch mitnehmen in das Labyrinth hinter meinen Augen.

Ich muss alles noch einmal erleben, alles noch einmal spüren.

Ich schließe die Augen und bin wieder da dort wo alles begonnen hat. In unserer Wohnung, in meinem Zimmer gegen acht Uhr abends.

- 1 -

VOR NICHT ALLZU LANGER ZEIT

Ich liege im Bett und befinde mich im zweiten Drittel meiner Einschlafphase. In etwa zehn Atemzügen wird sich mein Bewusstsein in den Ruhezustand versetzen, der mich an die Schwelle zum Schlaf bringt, so wie ein Computer, der in den Stand-By-Modus herunterfährt. Meine Augen folgen den Mustern der Mondstrahlen auf der Wand gegenüber von meinem Bett. Sanfte Kreise und immer gleiche Bewegungen. Muster sind wie ein sanftes Streicheln zwischen meinen Augenbrauen. Muster beruhigen. Muster geben Sicherheit. Jetzt kann der Schlaf kommen.

Von draußen höre ich meinen Vater schreiben. Das ist, wie er die Welt erträgt – sein Trick, sein Anker. Wenn er nach draußen geht, zieht die Traurigkeit in sein Gesicht ein. Nur wenn er bei mir ist, ist er anders – und an seiner Schreibmaschine.

Klack klack klack – es ist ein Takt, in dem sich die Anspannung auflöst. Er schreibt abends, weil er weiß, dass es mir hilft, dass es die Anspannung nimmt. Ich würde ihm gern sagen, dass ich das weiß und dass ich ihn dafür liebe, aber so funktioniert es nicht. Da ist ein Abgrund zwischen mir und der Welt.

Doch manchmal nehme ich alle Kraft zusammen und rücke ganz nah an ihn heran, wenn er neben mir sitzt und lege meine Stirn gegen seinen Oberarm. Dann lächelt er, denn er versteht – er ist der Einzige, der versteht. Er könnte zu jeder Tages- und Nachtzeit schreiben, vielleicht sogar besser, aber weil er versteht, schreibt er am Abend.

Ich weiß nicht, wie ich beschreiben soll, wie es ist, ich zu sein. Mein Vater sagt oft:

„Julia, du bist ein Labyrinth auf zwei Beinen."

Und er hat Recht. In mir sind unzählige Windungen und Biegungen und viele Sackgassen. Man verläuft sich in mir – und oft verlaufe ich mich selbst. Muster helfen und tiefe Atemzüge. Zahlen helfen und Worte, die auf Papier stehen. Daraus baue ich mir ein Boot, auf dem ich durch den Tag segle. Die Dinge, die ich tun muss, sind meine Passagiere. Je mehr da sind, desto tiefer liegt mein Boot im Wasser, desto eher läuft es Gefahr, zu sinken.

Weil ich ein Labyrinth bin, kann hinter jeder Biegung ein neuer schwerer Passagier lauern: zu lang in fremde Augen schauen, ein Geruch, der sich seltsam im Sonnenlicht bricht, reden müssen, der Hall der Geräusche ringsum und noch vieles, vieles, vieles mehr – das alles wiegt unendlich schwer. Oft steht mir das Wasser bis zum Hals und ich schmecke Salz auf der Zunge – bitter und metallisch.

Und da ist der Frostriese, diese turmhohe Gestalt, der mich und mein Boot immer wieder im Eis festfrieren lässt. Der Frostriese ist der Wächter der Gefühle. Er hat mein Gesicht eingefroren, aber nicht nur mein Gesicht, auch meine Worte. So sehr ich auch kämpfe, ich kann das, was in mir ist, nicht leicht hervorholen. Liebe, Angst, Hass, Trauer, Ungeduld, selbst Langeweile – sobald ich sagen will, wie es mir geht, schnürt er mir mit seinen kalten Pranken die Kehle zu. Nichts regt sich in meinem Gesicht. Durch die Maske aus Eis hört niemand meine Schreie.

Mein Vater hat mir beigebracht, all das für eine Weile zu ertragen, aber das ist unendlich schwer. Er weiß das und manchmal sehe ich, wie schwer es ihm fällt, sein eigenes Lächeln auf dem Gesicht festzuhalten. Dann tue ich das Einzige, zu dem ich fähig bin und lege wieder meine Stirn an seine Schulter und dann wird das Lächeln heller, bis es richtig strahlt.

Jetzt hat mein Körper in den Stand-By-Modus geschaltet. Noch nehme ich alles wahr, denn mein Gehirn braucht länger, bis es zur Ruhe kommt. Mein Herzschlag ist jetzt langsam, mein Atem flach. Alles ist normal. Doch dann ist da ein Rumpeln und dann stoppt das „Klack Klack Klack" der Schreibmaschine. Sofort bin ich hellwach. Warum hat er aufgehört? Sonst schreibt mein Vater mindestens zwei Stunden am Stück, bevor er auf die Toilette muss. Dann schaut er immer nach mir und gibt mir einen Kuss auf die Stirn. Jetzt aber herrscht Stille – Totenstille.

Ich halte es nicht mehr aus und stehe auf. Ich steige aus dem Bett. Zuerst lege ich die Decke zusammen und streiche das Kissen glatt, damit ich leichter atmen kann. Dann gehe ich leise den Flur entlang zum Arbeitszimmer. Licht scheint unter der Tür hindurch. Ich drücke die Klinke und nehme alles auf einmal in mich auf. Es ist so ähnlich wie einatmen. Ich atme das Zimmer ein und weiß, dass mein Vater entführt wurde.

***

Ich schmecke bitteres Salzwasser. Plötzlich und unerwartet bin ich allein in meiner Welt. Ich kann nicht weinen, obwohl tief in mir alles in Scherben liegt. Stattdessen nehme ich die Umgebung in mich auf. Mein Vater meint, die meisten Menschen nehmen Eindrücke nacheinander wahr und auch nie alle, die da sind. Doch im Labyrinth ist das anders. Hunderte Informationen stürzen auf mich ein. Das Buch in seinem Lesesessel ist auf Seite 145 aufgeschlagen. Der Raum ist eine Spur zu warm – etwa 23 Grad, obwohl die Heizung aus ist. In dem Spinnennetz in der linken oberen Zimmerecke hängen sechs Fruchtfliegen, aber keine Spinne. Die Topfpflanze hat sechs gelbe Blätter und zwei grüne. Die Deckenlampe spiegelt sich in der schwarzen Fensterscheibe, dass es aussieht, als würde ein Irrlicht vor dem Fenster schweben. Der Kaffee in Vaters Tasse ist zu zwei Dritteln ausgetrunken. Der Rest ist kalt. Die Bücher im Regal sind alle verstaubt außer jene, die er immer wieder herauszieht, so als würde er alte Freunde besuchen. Es sind zu viele Bilder, um sie alle aufzuzählen. Ich versuche mich deshalb an die zu halten, die für die Geschichte wichtig sind.

Die Schreibtischlampe ist umgefallen und wirft einen gelben Lichtkegel gegen die Wand mit dem großen Kunstdruck des Sturms von William Waterhouse. Das Licht umfängt die wartende Frau am Strand wie ein Heiligenschein. Der Schreibtischstuhl liegt auf der Seite. Der Laptop steht etwas zu weit links und auf dem großen Block daneben sind verwischte Buchstaben zu sehen. Von meinem Vater fehlt jede Spur.

Ich trete näher an den Schreibtisch und blicke auf den Block. Darauf sehe ich die gekritzelte Abbildung eines Schwertes, das ein Stück Stoff in zwei Teile zu schneiden scheint. Der Stoff ist in Kästchen aufgeteilt, sodass er auch eine Mauer darstellen könnte, oder die Haut einer Echse. Darunter steht etwas in einer Sprache, die ich nicht kenne.

„Per velum ad cognitio" – das ist Latein. Leider verstehe ich es nicht.

Meine Gedanken surren so schnell wie Kolibris durch meinen Kopf. Wenn ich nach ihnen greife, sind sie schon davongeflogen. Es werden mehr und immer mehr. Ich lehne mich gegen die Wand und schließe die Augen, während ich zu Boden gleite. Die Hände presse ich an die Schläfen und warte darauf, dass das Flattern in meinem Schädel sich legt. Einatmen. Ausatmen. Einatmen. Ausatmen. Ich spüre, wie sich mein Kiefer verhärtet, bis es weh tut – die Zähne sind fest aufeinandergebissen.

Es dauert lange, bis ich meine Augen wieder öffnen kann. Die nächsten Gedanken sind klein und tastend, wie wackelige Schritte, nachdem man stundenlang gesessen hat. Ich suche nach einer Möglichkeit, meinen Vater wiederzubekommen – das „Klack Klack Klack" wiederzubekommen.

***

Ich überlege angestrengt, aber rational – anders geht es nicht. Irgendwo in einem Winkel meiner Gehirnwindungen kauert ein Teil von mir – weinend, wütend, aber unsichtbar. Der andere Teil jedoch analysiert, wägt ab, berechnet: Ich kann nicht zur Polizei gehen – das sind Menschen, die ich nicht kenne. Das geht nicht. Ich brauche Zeit, um mich an ihre Gesichter zu gewöhnen, ihren Geruch, die Art, wie sie sich bewegen, die Art, wie sie Schatten werfen. Ich würde in Starre verfallen, der Frostriese würde mich so einfrieren, wie mein Gesicht. So viel Zeit habe ich nicht. Ich überlege weiter. Den Computer oder Vaters Handy kann ich nicht benutzen. Alle Bildschirme verursachen mir höllische Kopfschmerzen. Ich habe gelernt, dass ich manchmal um Hilfe bitten muss. Gerade jetzt ist das nötig, also gehe ich in meinem Kopf eine sehr kurze Liste durch: meine Freunde.

Ich kenne sieben Menschen so gut, dass ich mit ihnen über

diese Sache reden könnte. Einer von ihnen ist gerade entführt worden – damit bleiben noch sechs. Die Zahlen helfen, dass ich leichter Luft bekomme. Zwei weitere kann ich ausschließen, denn weder Resa, unsere Putzfrau, noch Dr. Larsen können hier helfen. Damit sind es nur noch vier. Da ist meine Brieffreundin Inga in Schweden, aber das ist zu weit entfernt. Schon sind es nur noch drei. James ist ein Junge aus der Nachbarschaft, der gern mit mir malt, aber jetzt schläft er und ich müsste an seinen Eltern vorbei, um mit ihm reden zu können. Nur noch zwei sind übrig. An David darf ich nicht denken, denn dann müsste ich mich erinnern. Schnell schiebe ich den Gedanken an ihn zur Seite.

Zuletzt ist da Milly. Milly ist um die 60 und arbeitet in unserer Bibliothek. Sie ist die Herrin des Wissens. Jeden Tag in der Woche sitze ich bei ihr und lese. Die Worte rieseln sanft zwischen den Seiten heraus und zwischen den Buchdeckeln wartet so etwas wie Freiheit.

Milly riecht nach Mottenkugeln und Kernseife, nach Pfeifentabak und alten Büchern. Wenn sie lächelt, ist es, als hätte jemand ein Spinnennetz auf ihr Gesicht gemalt – kleine Falten, die das Lächeln scheinen lassen wie einen einzelnen Stern an einem dunklen Himmel. Manchmal nimmt sie mich einfach so in die Arme und erträgt es, dass ich mich dann ganz steif mache. Sie ist die einzige, die mich außer meinem Vater berühren darf. Sie kann helfen – die Herrin des Wissens kann helfen, das Rätsel zu lösen.

Ich gehe in mein Zimmer und ziehe mich an: schwarze Jeans, schwarzer Kapuzensweater, schwarze Turnschuhe. Zusätzlich stecke ich nur meinen Musikplayer und die Kopfhörer ein. Damit fühle ich mich halbwegs bereit. Ich verlasse die Wohnung und gehe so schnell, wie ich kann, ohne zu rennen, denn das erregt Aufmerksamkeit.

***

Ich gehe durch die Straßen und halte den Blick gesenkt. Die Kapuze meines Sweatshirts hilft, einen Teil der gleißenden Lichter abzuhalten, die die Stadt selbst um diese Zeit in beißendes Licht tauchen. Die Kopfhörer lassen leise, beruhigende Musik in meine Ohren fließen und ersparen mir gleichzeitig die kreischenden Teenager, die herumstolpernden Betrunkenen und den Motorenlärm. Mit diesem Schutzwall lässt sich das Draußen für eine Weile ertragen.

Obwohl ich zu jung aussehe, um zu dieser Zeit allein auf der Straße zu sein, hält mich niemand auf. Die Menschen, die meinen Weg kreuzen, machen sich nicht die Mühe, unter meine Kapuze zu schauen. Kaum haben sie mich gesehen, bin ich auch schon aus ihrem Blickfeld entwichen. Ich wandere im Schatten und ich ziehe ihn wie eine Decke um mich. So werde ich unsichtbar. Ich sehe, wo der Schatten am tiefsten ist und lasse mich in diese Tiefe sinken. Diese Fähigkeit ist auch etwas, das mich von den Anderen unterscheidet und wir haben teuer dafür zahlen müssen – David und ich.

Schon wieder hat sich David in meine Gedanken geschlichen, aber das geht nicht. Ich muss im Hier und Jetzt sein. Ich muss stark sein – für Vater und für mich.

Unter großen Anstrengungen nehme ich die Erinnerungen und sperre sie in einen Käfig tief in mir. Ich kann ihn fast vor mir sehen – schwarzes Eisen und dicke Streben, von der Decke hängend in einem Raum, in dem die Zeit stillsteht. Diesen Trick, den mir mein Vater beigebracht hat, kann ich nicht oft anwenden, denn er erfordert unsagbar viel Kraft. Jetzt aber sind andere Dinge wichtiger. Ich lasse das Unwohlsein darin toben und schreien.

Gott sei Dank weiß ich, wo Milly wohnt. Wir kennen uns schon so lange, dass ich genug Vertrauen zu ihr habe, um sie auch außerhalb ihrer Arbeit zu besuchen. Der Weg ist nicht allzu weit. Ich gleite durch die Schatten der Nacht. Schon stehe ich vor ihrem Apartmentblock. Ich klingle und höre kurz darauf eine verschlafene Frauenstimme. Als Milly meine Stimme erkennt, verfliegt die Müdigkeit auf einen Schlag. Der Türöffner summt und ich trete ein.

***

Ich sitze auf Millys altem Kunstledersofa und trinke stilles Wasser in kleinen Schlucken, während ich meine Geschichte erzähle. Ich teile die Worte dabei so auf, dass sie mit meinem Atem übereinstimmen. Milly hört einfach zu. Das kann sie gut und ich merke, wie ich plötzlich mehr Worte finde, so als würde sie diese hervorlocken, wie man Mäuse mit Käse lockt. Sie begreift, was ich sage und daran, wie sich ihre Pupillen zusammenziehen, sehe ich, dass sie mir glaubt. Nachdem ich alles erzählt habe, schaut sie mich lange schweigend an. Dann holt sie erst einmal tief Luft. Ihre Lunge rasselt dabei von zu viel Pfeifenrauch.

„Du kannst nicht mit der Polizei reden, das weiß ich."

Ich nicke bekräftigend.

„Und ich darf nicht die Polizei rufen, weil du sonst wieder in die Anstalt musst."

Ich nicke wieder. Die Tür zum Käfig wackelt und ein paar Erinnerungsfetzen entwischen wie Alpträume: lange schwach erleuchtete Flure mit graugrünem Linoleum, der Geruch von Ammoniak und Einsamkeit, der Wald aus Nadeln, in denen man sich verläuft. Nein! Ich kann jetzt nicht daran denken. Ich muss stark sein für Vater. Ich fröstle am ganzen Körper und bin Milly dankbar, dass sie so tut, als sähe sie es nicht.

„Okay, zuerst schauen wir, was dieser Satz bedeutet."

Mit diesen Worten zieht sie ein Smartphone aus der Tasche und tippt eine Weile darauf herum. Dann hellt sich ihr Gesicht auf.

„Der Satz, den du gefunden hast, lautet: Durch den Vorhang zur Erkenntnis. Sagt dir das etwas?“

Ich schüttle den Kopf. Sie tippt weiter, findet aber augenscheinlich nichts.

„Gut“, seufzt sie schließlich. „Dann müssen wir in die Bibliothek.“

Damit steht sie auf und verschwindet kurz im Schlafzimmer. Als sie wieder herauskommt, ist sie vollständig angezogen – dunkle Jeans wie meine, aber dazu ein roter Wollponcho. Sie sieht damit aus, wie ein weiblicher Westernheld. Dann sind wir auf der Straße. Am Straßenrand steht ein alter Fiat. Die Farbe war einmal wohl ein knalliges Rot, aber mittlerweile ist sie eher ein weißliches Rosé. Es quietscht, als Milly die Türen öffnet. Weil ich zwar das Fahren an sich gerade so ertrage, das Geräusch des heulenden Motors jedoch nicht, stecke ich mir wieder die Kopfhörer in die Ohren. Leise Musik erfüllt mich. Ich schließe die Augen und konzentriere mich auf meinen Atem und zähle. Zeit vergeht. Als ich bei 847 angekommen bin, bremst Milly ruckartig. Wir sind da.

***

Die Bibliothek erinnert mit ihren antik anmutenden Säulen an einen griechischen Tempel. Jetzt in der Nacht sieht es aus, als stünden rings um die Tür riesenhafte Wächter. Ich sehe, dass Milly sich unwohl fühlt. Ich fühle merkwürdiger Weise nichts, nur den Drang, aus dem Auto zu kommen und das Geheimnis hinter dem seltsamen Symbol und dem lateinischen Spruch zu lüften. Wir gehen zum Hauptportal und Milly zieht eine Chipkarte hervor, die sie an einem kleinen Plastikkästchen entlanggleiten lässt.

Ein Summen ertönt und die Tür schwingt von selbst auf. Anstatt Licht zu machen, zieht Milly eine Taschenlampe hervor und geht zielsicher nach rechts durch die dunkle Haupthalle auf eine große Eichentür zu. Der Kegel der Lampe tanzt hin und her, weil ihre Hand zittert. Anscheinend hat sie Angst im Dunkeln, oder ist da mehr? Ich folge ihr durch dunkle Gänge, um Ecken und eine Treppe hinauf bis wir in einen Teil der Bibliothek kommen, den ich nicht kenne. Hier betreten wir einen Raum, in dem dutzende Computer stehen. Milly schaltet erst das Licht und dann einen der Computer ein.

„Das sind die Archiv-Arbeitsplätze“, erklärt Milly. „Wir haben einige private Sammlungen, deshalb ist der Server nicht mit dem Internet verbunden. In den Bibliotheken gibt es noch immer einiges zu entdecken, was man im Internet nicht findet.“

Während sie das sagt, klingt sie seltsam zufrieden. Ich nicke und bleibe stehen, während ich mich in den Details des Raumes verliere. Ich folge ihnen und schaue, was sie mir verraten wollen. Ich erfahre Geheimnisse, die mir dieser

Ort zuraunt: Eine von Millys Kolleginnen ist ihrem Mann untreu, ein Student schummelt bei seiner Abschlussarbeit, ein Wachmann verkauft heimlich Teile der Sammlungen. All das lese ich in Fingerabdrücken, Notizzetteln, Kaugummipapieren und den Millionen anderen kleinen Spuren, die die Menschen hier hinterlassen haben.

Ich finde nichts, das uns weiterhilft und auch Milly blickt nach wenigen Minuten frustriert von ihrem Bildschirm auf. Ich suche weiter den Raum ab, als ich jäh aus meinen Gedanken gerissen werde.

„Ich hab' da noch etwas!" Milly ist aufgesprungen und ihre Augen glänzen.

Ohne den Computer oder das Licht auszuschalten, verlassen wir den Raum und Milly übernimmt wieder die Führung. Sie geht jetzt schneller, energischer. Das Rätsel hat sie in seinen Bann gezogen. Wir steigen die Treppe wieder herab und dann zwei weitere. Die Luft hier unten ist trocken. Meine Augen beginnen zu jucken und meine Hände fühlen sich geschwollen an. Ich werde unruhig. In meiner Nase wird es eng und da ist auch die Enge um uns. Ich kann spüren wie die Wände drohend näherkommen. Milly öffnet eine Tür, die aussieht wie die eines Banktresors. Dann stehen wir in einem riesigen Raum voller Regale. Es riecht nach alten Büchern und Staub.

Ich bleibe leicht benommen stehen, doch Milly geht bereits

die Regale ab und schaut auf die kleinen Schildchen, die an den Enden angebracht sind. Schließlich bleibt sie stehen und verschwindet zwischen den Regalreihen. Ich höre sie murmeln und Papier rascheln. Schließlich kommt sie wieder heraus und hält ein dickes Buch in den Händen. Der lederne Einband ist etwas speckig, aber sonst in sehr gutem Zustand. Milly trägt jetzt dünne weiße Handschuhe, um das Buch zu schützen. Wir setzen uns an einen Tisch nebeneinander und schauen gemeinsam darauf. Die Schrift ist bereits etwas vergilbt. Mit Mühe kann ich die altertümlichen Buchstaben entziffern. „Ars Obscura" lautet der Titel – kein Verlag und kein Autor. Ich tippe Milly an und zeige darauf.

„Das bedeutet dunkle Kunst – also wahrscheinlich Magie oder so etwas", erklärt sie.

Ich nicke, obwohl ich nicht verstehe. Ich brauche mehr Informationen. Ich strecke die Hand aus. Milly versteht sofort und schiebt das Buch zu mir und blättert für mich. Dann beginne ich zu lesen. Mein Atem wird unregelmäßig, als ich daran denke, dass die Worte auf etwas Totem stehen. Auch dieses Gefühl dränge ich mit zusammengebissenen Zähnen in meinen inneren Käfig und wende mich dann ganz dem Text zu.

Meine Augen gleiten über die Zeilen. Mein Vater hat mich einmal mit einem Kopierer verglichen. Anstatt jedes Wort zu lesen, merke ich mir einfach die ganze Seite und speichere sie ab – genau wie die unzähligen Eindrücke rings um mich. Nach etwa zehn Minuten habe ich das ganze Buch im Kopf. Ich überlege eine Weile und da ist es. Ich spreche meine Gedanken laut aus, damit Milly versteht. Dabei übernehme ich, ohne zu überlegen, die komplizierte Sprachweise des Textes:

„Dies ist der Bericht eines Historikers, der für einen privaten Auftraggeber Nachforschungen zu einer alten Legende angestellt hat. Dieser Legende nach hat unsere Welt zwei Seiten – wie die unterschiedlichen Seiten einer Münze. Jedoch gibt es keinen direkten Weg zwischen diesen Seiten. Vielmehr beschreibt der Autor die Grenze als eine Art Vorhang. Im Mittelalter jedoch, gab es eine Gruppe von Menschen, die versuchte, diesen Vorhang zu passieren, denn sie hofften, auf der anderen Seite einen alten Traum der Menschheit zu finden."

„Was?" Milly ist heiser, sie keucht jetzt regelrecht vor Aufregung.

„Ewiges Leben."

Millys Augen werden groß. Sie schaut mich an, als hätte ich einen schlechten Witz gemacht. Ich aber spreche einfach weiter.

„Diese Gruppe war sich sicher, dass es Menschen gibt, denen der Übergang gelingen könnte."

Ohne Millys Frage abzuwarten, schlage ich das Buch an der richtigen Stelle auf. Dort ist wieder das Zeichen vom Notizzettel meines Vaters zu sehen: das Tuch und das Schwert. Diesmal jedoch wird das Schwert von einem bärtigen Mann gehalten. Er trägt eine breite Mütze auf dem Kopf und ein langes Gewand. In der anderen Hand hält er eine Feder. Milly liest die Inschrift darunter.

HOMO DOCTUS

Milly überlegt kurz. „Ein Gelehrter?"

Ich nicke und fahre fort zu analysieren. „Gelehrter bedeutet hier Schriftkundiger, denke ich. Sie haben Papa geholt, also sind vielleicht Schriftsteller gemeint. Alles hier drin deutet darauf hin. Die Rede ist von Menschen, die mehr sehen als alle anderen, deren Phantasie sie an andere Orte gehen lässt."

„Und hatten diese Menschen Erfolg?"
Milly knetet ihre Finger.

„Nein", erkläre ich weiter. „Es gab eine andere Gruppe – hauptsächlich Anhänger der Kirche, die das Ganze verhinderten. Sie jagten die Anderen, erklärten sie zu Ketzern und schließlich konnten die Gelehrten befreit werden und ihre Entführer wurden in irgendein Verlies gesperrt, in dem sie wahrscheinlich starben. Damit war die Geschichte zu Ende und wurde schnell vergessen. So steht es jedenfalls hier geschrieben."

„Aber das ist nicht alles, oder?"

Millys Augen sind gespannt auf mich gerichtet. Ihre Stimme zittert leicht. Ich schlage das Buch an der richtigen Stelle auf und deute auf den Rand der Seite. Dort steht etwas in einer Schrift, die ganz anders aussieht als die kunstvoll gemalten Buchstaben. Es ist moderne Schreibschrift.

„Wir vergessen nie."

***

Eine Weile schweigen wir uns an. Ich habe mehr gesprochen als sonst in einer ganzen Woche. Meine Zunge liegt wie tot in meinem Mund. Darum übernimmt Milly das Reden.

„Denkst du, dein Vater ist aus demselben Grund entführt worden wie diese Gelehrten?"

Ich nicke abwesend, denn meine Gedanken überschlagen sich bereits. Mein Gehirn geht jedes einzelne Wort des Buches durch und sucht nach Mustern – Querverbindungen, die mir mehr verraten. Es ist so ähnlich, wie ich es oben im Computerkabinett getan habe, nur noch schwieriger. Ich halte innerlich Ausschau nach ungewöhnlichen Formulierungen, Ungereimtheiten oder etwas, das mir mehr über den Autor verrät, aber da ist nichts.

Dann fällt es mir auf. Es ist so offensichtlich, dass in mir ein heißer Wutnebel aufsteigt. Frustriert schlage ich mir mit der flachen Hand vor die Stirn. Der Schlag ist hart und meine Augen tränen, aber der Schmerz klärt die Nebelschwaden ein wenig. Wir sind in der Abteilung für Sammlungen. Solche Sammlungen erbt die Bibliothek von den Sammlern nach ihrem Tod oder verwaltet sie für die Erben, damit Forscher einen Zugang zu den Schriftstücken haben.

„Welche Sammlung ist das?", frage ich Milly.

„Von Hasenau", sagt Milly. Als ich darauf nicht die Reaktion zeige, die sie erwartet hat, erklärt sie, dass die von Hasenaus in den gebildeten Kreisen der Stadt ein großes Ansehen genießen. Die Familie ist alt und hat schon immer hier gelebt. Übrig ist heute jedoch nur noch ein einziges Mitglied: Theodor von Hasenau. Er gehört zu den großen Förderern der Bibliothek, denn er ist sehr wohlhabend. Hauptsächlich handelt er mit Kunst und verwaltet daneben das riesige Familienvermögen. Doch bevor sie weitererzählen kann, unterbreche ich sie.

„Wir müssen nachfragen."

Zu meiner Überraschung nickt sie nur und steht auf. Ich gebe ihr den Handschuh zurück und sie stellt das Buch an seinen Platz. Wir verlassen den Raum und lassen die Trockenheit und den Staub zurück. Wir laufen gerade die zweite Treppe hinauf, als wir ein Geräusch hören. Es ist ganz in der Nähe. Anstatt nachzusehen, löscht Milly schnell das Licht und wir bleiben ganz still stehen. Ich atme flach und frage mich, warum Milly das gemacht hat. Bestimmt ist es nur der Wachschutz und sie arbeitet doch hier. Doch ich vertraue ihr und bleibe ruhig. Jetzt höre ich Schritte und dann öffnet sich die Tür über uns. Anstatt aber in unsere Richtung zu kommen, gehen sie nach oben. Der Lichtschein aus dem Computerkabinett hat die fremde Person anscheinend angelockt. Milly greift nach mir und zieht mich mit. So leise sie kann, führt sie mich nach draußen. Wir huschen durch die Tür des Treppenhauses, die noch offensteht und schleichen in Richtung Haupteingang. Ohne Zwischenfälle erreichen wir die Tür. Als wir endlich draußen sind, rennen wir zu Millys Auto und steigen ein.

„Wer zur Hölle war das? Der Wachmann ist krank, das weiß ich. Hast du es auch gefühlt?“, fragt Milly. Obwohl wir mehr als 100 Meter von der Bibliothek entfernt sind, flüstert sie. Ich nicke. Ich spule im Kopf zurück und spüre die Szene nach. Ja, da war etwas Seltsames – wie ein Unterton – ein Echo von etwas, das ich zu kennen glaube. Ich bin für den Moment sprachlos und schaue sie nur an und sie entscheidet.

„Wir fahren jetzt dahin.“

Dann aber zögert sie.

„Aber wir können doch nicht mitten in der Nacht..."

Hier bricht sie ab, denn sie bemerkt meinen Blick. Sie kennt ihn und weiß, dass ich dorthin gehen muss und dass ich nicht von meinem Vorhaben abzubringen bin. Sie murmelt etwas Unverständliches und zieht ihr Smartphone aus der Tasche. Während sie den schnellsten Weg sucht, wandert meine Aufmerksamkeit und sammelt die Eindrücke ringsum – als plötzlich eine dunkle Gestalt im Eingang der Bibliothek auftaucht.

***

Körperbau und Haltung des Fremden lassen auf einen Mann schließen. Sein Gesicht ist unter einer Kapuze verborgen. Ehe ich ihn weiter analysieren kann, blickt er in unsere Richtung und beginnt auf uns zuzurennen. Ich warne Milly, doch meiner Stimme fehlt es an Dringlichkeit. Um sie aufzurütteln, schlage ich mit der Hand auf das Armaturenbrett. Sie sieht mich an, folgt meinem Blick und im Licht der Straßenlaterne über uns kann ich sehen, wie sie erbleicht. Ihre Hände krampfen sich um den Zündschlüssel, drehen ihn ruckartig und der Wagen springt holpernd an. In dem Moment, in dem Milly aufs Gaspedal tritt, gibt es einen Knall, als der Fremde ans Heck des Fiat stößt.

Doch ehe er etwas tun kann, schießt der kleine Wagen nach vorn und die Straße hinunter. Im Rückspiegel kann ich sehen, wie die schwarze Gestalt immer kleiner wird und schließlich verschwindet.

Milly behält die hohe Geschwindigkeit noch fünf Minuten bei, bis sie bremst und am Straßenrand anhält. Ihre Finger sind so sehr um das Lenkrad gekrallt, dass ihre Knöchel weiß hervortreten. Sie lässt den Motor verstummen und nimmt mich dann in die Arme. Automatisch versteife ich mich, doch sie hält mich umso fester. Sie drückt zu fest. Mein Herz fängt in der Enge an zu rasen und vor meinen Augen tanzen Glühwürmchen.

Ich bemerke, dass Milly weint. Ich kann ihr nicht helfen. Alles was ich tun kann, ist da zu sein und ihre Umarmung zu ertragen. Da ist eine andere Julia in mir, die nichts sehnlicher will, als ihre Umarmung zu erwidern. Aber die Andere kann nicht meine Arme bewegen, nicht mit meiner Stimme sagen, dass alles gut wird. Die andere Julia ist die, die ich nicht sein kann und ich habe gelernt, zu akzeptieren, dass die Welt sie niemals kennen wird.

Doch, da ist noch etwas, das ich tun kann. Ich lehne meine Stirn gegen ihre. Milly keucht überrascht auf. Dann aber weint sie noch heftiger. Ihre Haut ist warm und ein wenig verschwitzt. Ich rieche den Duft von Kernseife und Pfeifentabak – und etwas Neues: Angst. Ihre Tränen tropfen in meinem Schoß. Ich kann jeden einzelnen Aufprall spüren. Es dauert lange, bis die Tränen versiegen, aber schließlich lässt sie mich los, putzt sich trompetend die Nase und murmelt ein leises „Danke“.

***

Während Milly versucht, sich zu beruhigen, plane ich schon den nächsten Schritt. Wir haben nur einen Anhaltspunkt und das ist Herr von Hasenau. Milly sagt, wir sollten bis zum Morgen warten, aber ich schüttle den Kopf. Wir müssen jetzt Antworten finden. Ich weiß nicht woher, aber ich spüre, dass wir keine Zeit verlieren dürfen. Milly versucht nicht einmal mehr zu diskutieren. Sie spürt ebenfalls diese Dringlichkeit und unser Verfolger hat ihr einen mächtigen Schrecken eingejagt. Ein schicksalsergebenes Seufzen später fahren wir wieder.

Wir lassen die Altstadt hinter uns und halten uns in Richtung des Villenviertels. Natürlich muss eine wohlhabende Kunsthändlerfamilie hier ihren Stammsitz haben. Ich frage Milly, woher sie die Adresse kennt. Sie erklärt mir, dass eine Stiftung der Familie im Anwesen regelmäßige Bälle abhält, um für verschiedene wohltätige Zwecke zu sammeln – unter anderem auch für die Erhaltung der Bibliothek. Sie verspricht mir einen überwältigenden Anblick und ich werde nicht enttäuscht.

Als wir bereits einen Großteil der Villen hinter uns gelassen haben, taucht vor uns linker Hand eine lange und sehr hohe Steinmauer auf. Das verwitterte Grau ist dunkel, fast schwarz. Kurz denke ich an den Käfig in mir, dessen Eisen ich mir in der gleichen Farbe vorstelle. Über die Mauerkrone ragen die Wipfel von Tannen. Das Grundstück gleicht einer Festung. Ich sehe Stacheldraht und Videokameras. Wir fahren bis zu einem schmiedeeisernen Tor und halten. Milly steigt aus und geht zu einem Metallkasten hinüber. Sie tippt darauf herum und beugt sich dann vor, um hineinzusprechen.

Ich beobachte genau ihren Gesichtsausdruck. Sie spricht mit Nachdruck, sodass die Adern an ihrem Hals hervortreten. Sie gestikuliert wild und bestimmt, dann schüttelt sie energisch den Kopf. Sie tritt einen Schritt zurück und schaut zu der Videokamera über uns. Schließlich zeigt sie auf mich.

Das Tor öffnet sich. Milly kommt zurück und setzt sich neben mich. „Spiel mit", raunt sie mir zu. Wir fahren los und passieren das Tor. Dahinter liegt ein kleiner Wald – keine Ansammlung von ein paar Bäumen, sondern ein richtiger Nadelwald. Ich denke an die Märchen, die ich gelesen habe. Hier könnten Hexen und Trolle hausen.

Es sind keine schönen Märchen, die hier wohnen. Ich spüre, dass sich etwas Gefährliches zusammenbraut. Wir fahren etwa fünf Minuten langsam auf der Straße durch den Wald, bis vor uns ein großes Haus auftaucht. Eigentlich ist es eher ein kleines Schloss mit Türmen und Zinnen. Es passt so perfekt in diesen Wald, dass die Autos, die davorstehen, wirken, als gehörten sie in eine andere Welt.

Wir halten direkt neben ihnen und steigen aus. Ohne zu zögern, geht Milly auf den Eingang zu: ein riesiges Portal mit zwei Flügeltüren.

***

Noch ehe wir die wenigen Treppen hinaufgestiegen sind, öffnen sich die Türflügel und ein Mann tritt uns entgegen. Ich hätte einen mittelalterlichen Marschall oder zumindest einen englischen Butler erwartet. Stattdessen steht vor uns ein kleiner dicker Mann in Trainingshosen und einem schottischen Fußballtrikot. Er nickt uns zu und winkt uns dann ihm zu folgen. Wir gehen durch eine weitläufige Eingangshalle, in der die schönsten Ölgemalde hängen, die ich je gesehen habe.

Mein Gehirn versucht wie immer, den Raum einzuatmen, doch die Details, die ich hier aufnehme, sind zu viele. Wo auch immer ich hinschaue, verliere ich mich in grünen Landschaften und düsteren Berggipfeln. Die Augen der Gemalten nehmen mich gefangen und ich bleibe einfach stehen – unfähig mich zu rühren. Dieser Ort ist der Himmel, aber er ist auch eine Falle. So viel Schönheit ist hier, dass mein Geist sie nicht zu fassen vermag. Es tut weh. Milly bemerkt, dass ich stehen geblieben bin und zieht mich mit. Bis wir die große Freitreppe hinaufgestiegen und unserem Führer in einen Korridor gefolgt sind, bin ich wie ein Stück Treibholz in ihren Händen.

Erst hier, wo nur einzelne Vasen und Skulpturen auf kleinen Tischchen stehen, kann ich meiner Starre entfliehen. Der Mann im Fußballtrikot hat von meiner Schockstarre nichts mitbekommen, oder er lässt es sich nicht anmerken. Jetzt bleibt er stehen und öffnet eine Seitentür zu einem angrenzenden Raum. Er selbst wartet davor und macht eine einladende Geste.

Wir gehen an ihm vorbei und finden uns zum zweiten Mal in dieser Nacht in einer Bibliothek wieder. Die Decke ist gut zehn Meter hoch und bis in diese Höhe reichen auch die Bücherregale. Es gibt mehrere Rundwege, die über kleine metallene Wendeltreppen erreichbar sind. Es müssen Millionen von Büchern sein. Selbst ich würde hier Jahrzehnte verbringen, wenn ich sie alle lesen wollte.

Die Decke ist kunstvoll bemalt. Es scheint etwas Religiöses zu sein. Das Fresko ruft nach mir. Es möchte mir etwas sagen. Diesmal ist es nicht nur reine Schönheit sondern etwas anderes, ein Geheimnis, das noch im Verborgenen liegt. Doch mir ist, als hätte ich es bereits einmal gekannt.

Da sind zwei nackte Menschen – ein Mann und eine Frau – und sie halten gemeinsam einen Apfel, der rot leuchtet. Zu ihren Füßen windet sich eine Mischung aus Schlange und Drachen und sie sind umgeben von einem prachtvollen Garten. Ganz in der Ecke des Bildes, für die meisten Betrachter zweifellos unsichtbar, hat der Künstler eine kleine Maus gemalt. Ihre Augen sind so tief wie dunkle Seen und es wirkt, als wüsste sie etwas, das alle anderen nicht wissen.

Je mehr Eindrücke ich aufnehme, desto klarer wird mir, dass die Maus tatsächlich das Zentrum des Bildes darstellt – eine Art geheimer Bedeutung, die sich nur mir offenbart. Und noch etwas wird mir klar: Ich habe sie schon einmal gesehen.

„Der Verrat von Adam und Eva im Garten Eden", höre ich eine kratzige Stimme sagen und werde dadurch aus meinen Überlegungen gerissen. Mit Mühe wende ich mich von dem Bild ab, ohne sein Geheimnis vollständig gelüftet zu haben.

In der Mitte des Raumes steht ein einzelner Schreibtisch. Dahinter sitzt ein uralter Mann. Seine Augen liegen tief in den Höhlen und die Haut spannt über seinem Schädel. Sie erinnert mich an das alte Papier des Buches, das ich in der Bibliothek gelesen habe – seltsam vergilbt und irgendwie porös. Seine langen dünnen Finger sind auf der polierten Holzfläche vor ihm ineinander verschränkt, als würde er beten. An einem Finger sitzt ein großer goldener Siegelring.

„Ich bin kein gläubiger Mensch", fügt er hinzu, mit dieser Stimme als würde er Papier zerreißen. „Aber dieses Bild löst, seit ich als Kind in dieser Halle spielte, etwas in mir aus. Geht es Ihnen nicht genauso?"

Ich bleibe stumm. Die Worte sind fest in mir verschlossen.

Ich rieche seinen Geruch – seltsam chemisch und noch älter, als er aussieht. Seine Augen sind fast schwarz, das Augenweiß gelblich und seltsam trüb. Dazu die Stimme, die beginnt, mir Übelkeit zu verursachen. Zum Glück habe ich Milly. Sie ist mein Rettungsanker, mein Halt. Ich konzentriere mich mit aller Macht auf sie, auf ihren vertrauten Geruch und ihre sanfte Stimme.

„Guten Abend Herr von Hasenau." Sie kennt ihn also. So locker, wie sie dasteht, scheint sie nicht diese vielen unheilvollen Zeichen wahrzunehmen. „Es tut mir leid. Dies ist nicht meine kranke Nichte und es gab auch keinen Brand in Ihrer Sammlung."

Der Dicke im Fußballtrikot grunzt überrascht und will auf uns zugehen, doch von Hasenau wedelt nur kurz mit der Hand, als würde er eine Fliege verscheuchen. Der Diener reagiert sofort und tritt wieder an die Seite des Alten. Es ist die Art von blindem Gehorsam, den ich bisher nur aus Büchern kenne. Durch meinen Kopf huschen erschreckende Bilder, als ich mir vorstelle, was dieser Mann vielleicht alles tun würde, wenn sein Dienstherr es von ihm verlangen würde.

Der alte Mann wirkt nicht überrascht. Dafür stiehlt sich ein Lächeln auf sein Gesicht, doch es erreicht nicht seine Augen. Diese Grimasse sieht aus, als würde er seine gelben Zähne fletschen wie ein knurrender Hund.

„Das wusste ich schon, bevor sie unsere Einfahrt passiert hatten, Frau Merten. Ich habe exzellente Quellen. Aber ich bin alt und wenn man so alt ist wie ich, jagt man jedem kleinen Nervenkitzel hinterher, wie ein Kind einem bunten Schmetterling."

Er hält kurz inne und ich kann seinen Blick auf mir fühlen. Es ist fast wie eine Berührung. Gänsehaut überzieht meine Arme. Die Übelkeit wird stärker.

„Ich weiß auch, dass das nicht Ihre Nichte ist. Aber ich bin neugierig. Warum suchen Sie beide mich zu solch später Stunde auf?"

Milly verliert keine Zeit und erzählt ihm unsere Geschichte. Dabei verschweigt sie nicht einmal unseren nächtlichen Verfolger, denn es bringt nichts, etwas zurückzuhalten. Wenn uns Herr von Hasenau nicht hilft, endet unsere Suche hier und wir verlieren jede Chance, meinen Vater wiederzufinden.

Der Alte hört gespannt zu. Je mehr Milly erzählt, desto mehr lehnt er sich auf seinem Schreibtisch nach vorn. Seine Augen beginnen fiebrig zu glänzen und zucken zwischen Milly und mir hin und her. Als Millys Erzählung zu Ende ist, herrscht mehrere Minuten Schweigen. Herr von Hasenau hat sich in seinem Stuhl zurücksinken lassen und atmet so schwer, als hätte er unser Abenteuer persönlich miterlebt. Als sich sein Atem beruhigt hat, ergreift er das

Wort. Seine Stimme ist noch heiserer als zuvor.

„Colin, hol mir einen Scotch. Die Flasche auf meinem Nachttisch."

Der Dicke – Colin – will protestieren, entweder, weil die Flasche heilig ist, oder weil er seinen Arbeitgeber nicht mit uns allein lassen will. Doch ein unwirsches Schnauben des Alten genügt und er setzt sich in Bewegung – wenn auch mit gerunzelter Stirn. Von Hasenau wartet, bis die Tür hinter ihm ins Schloss gefallen ist, und setzt dann erneut an zu sprechen.

„Es ist seltsam, wie die Zufälle spielen. Sie, Frau Merten, und du, liebe Julia, – Sie müssen das Gefühl haben, wie Alice durch den Kaninchenbau in ein unbekanntes Land gefallen zu sein. Aber für mich ist das, was sie gerade durchleben, alltägliche Realität. Die Schrift, die Sie gefunden haben, kenne ich gut. Ich selbst habe sie unzählige Male gelesen. Mein Urgroßvater hat sie verfasst, aber auch er hat nur einen Teil des Wissens aufgeschrieben, das seit Generationen in unserer Familie mündlich überliefert wird. Sie müssen wissen: Die Familie von Hasenau ist sehr alt. Früher hießen wir anders und davor wieder anders, doch eines hat sich nie geändert: unser Versprechen, zu verhindern, dass solch ein Verbrechen, wie es in der Chronik beschrieben wird, sich jemals wiederholen kann."

***

Milly und ich sehen uns an und dann wieder den alten Mann. Weder Milly noch ich können etwas sagen, sie, weil sie sprachlos ist, und ich, weil ich zu viel Kraft dafür aufwenden muss, nicht vor Aufregung zu schreien. Der Käfig, den ich in mir gebaut habe, ist bereits überfüllt. Schreiende, zuckende Gefühlswesen mit hunderten Armen winden sich darin und die Gitterstäbe beginnen verhängnisvoll zu knirschen. Von Hasenau scheint unsere Sprachlosigkeit nichts auszumachen. Stattdessen spricht er weiter. Sein Tonfall und sein Gesichtsausdruck machen klar, dass auch er in sich auf Wanderschaft gegangen ist und nicht mehr bei uns weilt. Nun ist er an einem anderen Ort und wahrscheinlich auch in einer anderen Zeit.

„Ich selbst habe alles von meinem Vater erfahren, als es Zeit war, mich in mein Erbe einzuführen. Er erzählte mir, dass unsere Familie von den Menschen abstammt, die den Ketzern das Handwerk legten. Machen wir uns keine Illusionen! Meine Vorfahren waren Fanatiker, die in ihrem religiösen Eifer in Kauf nahmen, dass bei ihrem Feldzug auch viele Unschuldige zu Schaden kamen. Dennoch war die Gefahr, die von jenen ausging, die nach dem ewigen Leben trachteten, unendlich groß – und das nicht nur, weil sie dafür im Notfall auch über Leichen gingen."

Hier unterbricht ihn Milly, die endlich ihre Sprache wiedergefunden hat.

„Was hat es mit dieser anderen Seite auf sich?"

Von Hasenau lächelt, denn jetzt ist er eindeutig in seinem Element.

„Die andere Seite ist ein Ort der Sagen und des Mysteriums. Dort wartet ein unermesslicher Schatz an Wissen, doch er darf nie gefunden werden. Das, was hinter dem Vorhang lauert, wird alles, was wir bisher über diese Welt zu wissen glauben, umstürzen.

Es birgt ungeahnte Macht für den, der das Geheimnis lüftet. Solch fundamentales Wissen allein für sich zu haben und es nach Gutdünken einzusetzen – das würde einem Einzelnen zu viel Macht geben. Der menschliche Geist ist nicht groß genug für diese Macht und alles würde im Chaos versinken.

„Aber wieso brauchen diese Menschen die Gelehrten? Warum haben sie Julias Vater verschleppt?"

Millys Stimme ist beinahe so rau wie die des Alten. Doch statt an zerrissenes Papier denke ich bei ihr an Finger, die über die Rinde eines Baumes gleiten.

In diesem Moment kommt Colin zurück. Auf einem Silbertablett balanciert er eine dunkle, staubige Flasche mit verblasstem Etikett und ein kleines Glas. Beides stellt er neben von Hasenau ab und entfernt den Korken. Ein durchdringender Alkoholgeruch steigt mir in die Nase und ich muss an frisch gestrichene Parkbänke denken.

Der Alte gießt sich das Glas voll und trinkt dann langsam in kleinen Schlucken. Dabei lässt er sich Zeit und sein Hundezähnelächeln wird noch eine Spur breiter. Bevor er weiterspricht, seufzt er genießerisch.

„Das liegt in der Natur der Sache. Jemand, der Geschichten schreibt, erschafft Welten. Unter den wahren und wirklichen Schriftstellern auf dieser Welt gibt es jene, die spannende Geschichten erzählen, jene die Kunstwerke schaffen und dann gibt es noch diese, die ihr Herzblut auf die Seiten ausgießen, sodass sie etwas schaffen, das über das, was wir so gern als unumstößliche Realität bezeichnen, hinausgeht. Wenn Letztere es schaffen, diese Kraft zu nutzen – so geht die Legende – dann können sie sich auf die andere Seite schreiben – durch den Vorhang hindurch."

Er wendet sich jetzt an mich und ich muss die bittere Galle herunterschlucken, die meinen Mund überflutet. Die gelben Augen fixieren mich.

„Und deshalb Julia ist dein Vater entführt worden. Er kann solche Geschichten schreiben und sie lassen ihn schreiben – wieder und wieder, bis er irgendwann die richtige findet. Aber nicht nur ihn – es gibt andere wie ihn. Man wird sie zwingen, zu schreiben, bis sie leer sind, oder bis sie den Weg finden – die Geschichte, die den Übergang schafft. Hoffen wir, dass es nicht zu spät ist."

Ich will aus diesem Raum hinaus, aus dem Geruch und

dem Blick und dem Hundezähnelächeln. Doch wir müssen mehr erfahren. Ich berühre Milly am Arm und ziehe sie zu mir herunter. Ich flüstere ihr meine Fragen ins Ohr. Von Hasenau mustert uns gespannt. Schließlich nickt Milly und wendet sich wieder ihm zu.

„Wer sind diese Entführer und wie finden wir sie?“

„Wer hinter den Entführungen steckt, weiß ich nicht. Schon immer haben diese Menschen perfekt im Verborgenen gearbeitet. Auch unter der Folter meiner Vorfahren haben sie nie ihre Freunde und ihre wahren Ziele verraten – ich bewundere das. Leider bringt uns das nicht weiter.

Mein eigenes Informationsnetz reicht zwar sehr weit, doch auch ich habe keinen Schimmer, wem wir gegenüberstehen. Ich sagte ja bereits, dass dies das erste Auftreten dieser Gruppe seit Jahrhunderten ist. Trotzdem habe ich in alter Familientradition weiter nach möglichen Zielpersonen geforscht, um im Notfall bereit zu sein. Das ist unsere Chance.

Diese Liste umfasste in dieser Stadt nur drei Namen – den deines Vaters, eines alten Historikers, der im letzten Jahr gestorben ist, und einer Frau namens Luisa Nera.“

Milly und ich schauen uns an. Wir kennen diesen Namen. Luisa Nera ist ein Künstlername – ein Pseudonym. Sie schreibt Romane – die traurigsten und zerstörerischsten, die ich je gelesen habe. Und doch berühren sie mich und geben mir auf eine seltsame Art und Weise Hoffnung. Oft habe ich gedacht, dass Luisa Nera neben Papa die einzige sein könnte, die das Labyrinth hinter meinen Augen begreifen könnte.

Ihre Bücher sind zudem immer kurz davor, auf irgendeinem Index zu stehen und selbst in der Bibliothek darf man sie erst ab 18 ausleihen, denn sie stehen in dem Ruf Depressionen auszulösen. Und da ist mehr. Noch nie habe ich es mir bewusst gemacht, aber es gibt Parallelen zwischen ihr und meinem Vater. Seine Worte sind sanft und voller Hoffnung – während ihre nur von Leere, Schmerz, Verlassenwerden und Tod sprechen. Trotz dieser Unterschiede ist da eine Verletzlichkeit, eine sanfte Verbundenheit mit der Welt, die sie gemeinsam haben.

Milly ist es, die verhindert, dass ich wieder in mir versinke.

„Dann müssen wir uns beeilen! Wir müssen sie finden, bevor auch sie entführt wird."

Milly ist wieder in einer ihrer abenteuerlichen Stimmungen. Doch der alte Mann winkt ab.

„Ganz so einfach ist es nicht. Niemand weiß Luisa Neras richtigen Namen und wo sie sich aufhält. Alle ihre Manuskripte kommen über eine Agentur zu ihrem Verlag und selbst die hat keine weiteren Anhaltspunkte. Das alles habe ich schon in Erfahrung bringen können. Aber hier stößt selbst mein Netzwerk an seine Grenzen."

Warum hört er nicht auf zu lächeln? Ich werde das Gefühl nicht los, dass er uns nicht alles verrät. Trotzdem muss ich jetzt etwas tun – etwas, das nur ich tun kann. Wieder ziehe ich Milly zu mir herab und raune in ihr Ohr. Und wieder spricht sie für mich:

„Geben Sie uns alle Informationen, die Sie haben – auf Papier."

***

Wenig später sitzen wir in einem kleinen Büroraum. Vor uns liegen vier große Stapel mit Computerausdrucken. Während Milly mir zusieht und vorgibt nicht einzunicken, nehme ich Blatt für Blatt alle Informationen über Luisa Nera in mich auf. Es dauert nicht lang und ich habe alles gelesen – jeder noch so kleine Informationsfetzen ist abgespeichert. Ich schließe die Augen und sehe die einzelnen Teile des Puzzles vor mir wie Sterne am Himmel. Jedes von ihnen leuchtet – einige heller, andere kaum wahrnehmbar.

Dann beginne ich weiter von ihnen wegzutreten, immer weiter, bis sich Gebilde formen, die zu Galaxien werden. Mein Bewusstsein setzt scheinbar Zufälliges miteinander in Verbindung. Es sind Nebensätze in Artikeln, die Wortwahl in den wenigen vorhandenen Interviews. Verlagsstandorte und die Art, wie sie selbst ihre Worte wählt. Vor allem aber sind es die Worte, die fehlen, denn auch dieses Fehlen ist von Bedeutung. In mir entsteht ein eigenes Universum, in dessen Mitte Luisa Nera schwebt, und als ich meine Augen wieder aufschlage, sieht sie mich an.

Ich erwidere ihren Blick und etwas passiert: Meine Sicht verschwimmt. Mein Körper ist am Ende, aber ich kann genau verfolgen, was geschieht. All die Ängste und die Frustration der letzten Stunden haben den Käfig, in den ich sie gesperrt habe, brüchig werden lassen. Er steht kurz davor, in tausend kleine Stücke zu zerfallen. Das, was passiert, wenn der Käfig zerfällt, lauert in der Schwärze des Möglichen. Und es kann mich das Leben kosten, da bin ich sicher.

Das ist für mich in Ordnung. Ich bin eine flackernde Kerze, die mit einem Windhauch verlöschen wird – vielleicht ist das, was dann kommt, besser als das, was ist. Aber ich will nicht die traurig machen, die ich liebe. Also muss ich schlafen. Schon sinkt mein Kopf auf die Tischplatte und dann ist für einen Weile alles schwarz.

***

Als ich die Augen wieder öffne, scheint helles Sonnenlicht durch das Fenster. Neben mir schläft Milly in ihrem Sessel. Es klopft an der Tür. Genau drei Sekunden später wird sie geöffnet und Colin tritt ein. Wieder hat er ein Silbertablett in den Händen. Diesmal jedoch stehen darauf eine Kaffeekanne, eine Karaffe mit Orangensaft und eine mit Wasser, ein silberner Toastständer und kleine Töpfchen mit Butter und Marmelade. Ohne etwas zu sagen, stellt er das Tablett klirrend auf dem Tisch ab und verlässt den Raum wieder.

Ich frage mich, ob er überhaupt sprechen kann. Der Geruch des Toasts jedoch lenkt mich zu stark ab. Ich wecke Milly, die mich erst einmal schuldbewusst ansieht, doch wir hatten den Schlaf bitter nötig. Gemeinsam fallen wir über das Essen her. Milly trinkt Kaffee, ich halte mich an trockenen Toast und Wasser. Sobald wir uns gestärkt haben, gehen wir in die Bibliothek hinüber. Hier sieht alles noch aus wie gestern Abend. Auch Herr von Hasenau sitzt noch immer in derselben Haltung an seinem Schreibtisch.

„Guten Morgen“, begrüßt er uns, „ich hoffe Sie haben gut geschlafen?“ Wir nicken und er geht sofort zum Geschäftlichen über:

„Haben Sie etwas herausgefunden?“

Ich nicke wieder. Mit Millys Hilfe teile ich meine Erkenntnisse mit. Luisa Nera wohnt tatsächlich in unserer Stadt, sie ist noch nicht sehr alt und hat in ihrem Leben viel Leid erlebt. Ihre Geschichten sind nicht nur Geschichten – in ihnen steckt ein Hauch wirkliches Leben. Sie lebt ein Leben fernab vom Alltag, in einer Parallelwelt aus Worten und Bildern und Musik. Auch wenn niemand weiß, wie sie aussieht, weiß ich, dass sie sich eher unscheinbar geben wird – hinter einer Maske versteckt, um die Menschen fern zu halten. So sicher wie ich das weiß, weiß ich auch, dass ich sie erkennen werde.

Viele ihrer Geschichten schwelgen in einem Zwiespalt zwischen Traurigkeit und Genuss – schwarzer Kaffee und Zigarettenrauch, dunkle Schokolade und Vergessen. Ich sehe sie vor mir, wie sie in Cafés sitzt, im Schatten, eine brennende Zigarette in der Hand, und dem Leben außerhalb ihrer eigenen kleinen Sphäre zusieht.

Es wird ein Café sein, das eine Terrasse hat, damit sich das Rauschen der Bäume mit den Stimmen der Menschen vermischt – um gemeinsam mit dem Rauch der Zigarette gen Himmel zu steigen.

Und nun kenne ich unseren Bestimmungsort.

***

Ein paar Minuten später sitzen wir im Fond eines riesigen schwarzen Mercedes. Colin sitzt am Steuer. Sein Gesichtsausdruck wäre selbst für einen Blinden deutlich lesbar: Er will nicht hier sein. Selbst in dieser Luxuskarosse trägt er weiterhin sein Fußballtrikot und Shorts. Von Hasenau hat darauf bestanden, dass er mit uns geht. Angeblich ist er der beste Leibwächter, den es gibt. Ich sitze hinter ihm und studiere den kleinen Kranz aus Haaren und die Rolle aus Nackenspeck, die seinen Hinterkopf zieren – und selbst meine Fähigkeit Hinweise zu finden, gibt mir keine Antwort darauf, was diesen kleinen, dicken, schlechtgelaunten Mann zu einem guten Leibwächter machen soll.

Natürlich gibt es jetzt Wichtigeres. Wir lassen den Heimatwald der von Hasenaus hinter uns und fahren wieder in Richtung Stadt. Es ist jetzt sonnig und der Himmel ist blau – das Wetter ist ein krasser Gegensatz zu der kleinen Welt hier drinnen hinter den Scheiben. Etwas bewegt sich hinter der Realität. Ich kann es spüren – tief im Magen. Wir sind im Auge des Sturms. Wir gleiten lautlos dahin, während die Welt draußen den Atem anhält.

Ich schaue zu Milly hinüber. Ihr Gesicht ist müde und grau, doch ihr Kiefer ist so angespannt wie mein eigener. Sie ist entschlossen und bereit zu kämpfen. Ein Gefühl von Zuneigung überschwemmt mich. Ich bin ihr so dankbar – für ihre bedingungslose Liebe und ihre Selbstlosigkeit. Mein ausdrucksloses Gesicht, das der Frostriese eingefroren hat, und meine Unfähigkeit ihr das zu sagen, schmerzen so sehr, dass sich meine Hände zu Fäusten ballen. Ich kann spüren, wie sich meine Finger in die Haut bohren. Milly bemerkt es und nimmt meine Hände in die ihren. Mit sanfter Gewalt öffnet sie die Finger und küsst meine brennenden Handflächen.

„Wir stehen das gemeinsam durch."

Wenig später sind wir da. Schon während Colin einen Parkplatz sucht, sehen wir die ersten Cafés. Menschen sitzen im

Sonnenschein. Dass es sich hier um ein Künstlerviertel handelt, ist offensichtlich. Ich sehe rasierte Schädel und Tattoos, bunte Gewänder und viele bloße Füße.

Ein besonders bemühter Mensch stellt sicher, dass ihn keiner übersehen kann: Sein Haar ist zu Zöpfen geflochten, die auf seinen schäbigen Bademantel fallen. Um seinen Hals liegt ein alter Fuchspelz – der Anblick ist traurig und lächerlich zugleich. Wir steigen aus und jetzt ist es Milly, die führt. Ich laufe hinter ihr her.

Colin bildet die Nachhut. Mit dem ewig gleichen Gesichtsausdruck irgendwo zwischen wütendem Stirnrunzeln und Schmollen watschelt er hinter uns her. Wir biegen um drei Straßenecken und sind am Ziel. Das Café hat eine wunderschöne Terrasse. Im Schatten von zwei Platanen sitzen Menschen und trinken schwarzen Kaffee aus einfachen weißen Tassen, dessen Duft bis zu uns herüberweht. Milly zieht genießerisch die Luft ein und steuert einen der freien Tische an.

Das Publikum hier ist anders. Es fehlen die grellen Farben und der Wunsch aufzufallen. Stattdessen sehe ich Menschen, die sich übernächtigt über Laptops beugen, oder in Skizzenblöcken herumkritzeln. Ich überlege, ob der Geruch des frischen, starken Kaffees auch der Geruch neugeborener Träume ist.

Eine junge Frau mit Augen wie ein nächtlicher See nimmt

unsere Bestellungen auf – Wasser für mich, Kaffee für Milly und Bier für Colin. Bei Letzterem zieht die Frau ein wenig die Brauen hoch, lässt sich aber sonst nichts anmerken. Während wir warten, atme ich tief alles um mich ein und eine seltsame Ruhe überkommt mich. Dieser Ort ist anders.

Da ist etwas Verträumtes hier, das ich so nur sehr selten in der Bibliothek wahrgenommen habe. Im Schatten der Platanen liegt Ruhe. Ich begreife, dass hier nicht nur Träume heranwachsen. Hier werden Welten geboren – ganze Universen entstehen und vergehen, während ich hier sitze und es ist wunderschön. Ich beobachte die Menschen an den anderen Tischen. Alle sind auf ihre eigene Weise einzigartig, doch Luisa Nera ist nicht dabei – keiner von ihnen hat diese Präsenz, die ich in ihren Worten gespürt habe.

Wir trinken stillschweigend: Erschöpfung, Anspannung und was immer Colin fühlt, halten uns gefangen. Zum Glück können wir uns mit unseren Getränken beschäftigen. Zeit vergeht und ich beginne in der Sonne einzudösen. Die kurze Ruhepause hat die schreienden Gefühle zwar momentan zum Schweigen gebracht, aber von Erholung kann keine Rede sein. Bevor ich die Augen ganz schließen kann, betritt eine dunkel gekleidete Gestalt die Terrasse.

Mittelgroß und schlank, mehr kann man nicht erkennen. Langes Haar und eine große Sonnenbrille verdecken das Gesicht und die Hände sind tief in den Taschen einer schwarzen Jeansjacke vergraben. Die Gestalt nimmt an einem kleinen Tisch im Schatten Platz, ohne den Blick zu heben.

Die junge Frau mit den Teerseeaugen taucht auf und geht auf die Gestalt zu. Ohne Worte stellt sie einen großen Becher auf dem Tisch ab. Die Gestalt zieht die Hände aus der Tasche und ich erhasche einen Blick auf schmale zarte Finger, die einen Geldschein halten. Die Kellnerin nimmt das Geld, nickt, lächelt und geht. Die Frau in Schwarz greift nach dem Becher und hebt ihn an die Lippen. Dort verweilen ihre Hände und sie inhaliert den Geruch des Kaffees. Dabei gleitet ihr Haar ein Stück zur Seite und ich sehe kurz die Züge einer wunderschönen Frau. Es ist jedoch nicht ihre Schönheit, die mich scharf die Luft einziehen lässt. Es ist der Ausdruck von Trauer und Verletzlichkeit, der mir den Atem nimmt und der jeden Zweifel beseitigt:

Wir haben Luisa Nera gefunden.

***

Wir beobachten, wie Luisa den Kaffee in kleinen Schlucken trinkt. Sie zieht ein silbernes Zigarettenetui aus der Tasche und raucht. Jede Bewegung, jeder Atemzug, ja selbst jeder Blick scheint ritualisiert – als wäre dies ein Tanz. Ich denke kurz an Rilkes Panther.

„Der weiche Gang geschmeidig starker Schritte,

Der sich im allerkleinsten Kreise dreht,
Ist wie ein Tanz von Kraft um eine Mitte,
In der betäubt ein großer Wille steht."

All dies nimmt mich so gefangen, dass ich kaum reagieren kann, als sie aufsteht und sich zum Gehen wendet. Wir stehen ebenfalls auf und folgen ihr. Colin lässt einen Geldschein auf den Tisch fallen. Vor uns huscht Luisa Nera über die Straße. Sie bewegt sich wie ein scheues Tier – leicht gehetzt und immer im Schatten. Wir müssen fast rennen, um mit ihr Schritt zu halten.

Es geht an Buchhandlungen und Galerien vorbei. Vor einem unscheinbaren grauen Haus bleibt sie stehen. Es ist kleiner als die anderen Häuser im Viertel und fällt kaum auf. Wie Luisa selbst, zeigt es sich nicht gern und bleibt im Schatten. Schon hat sie einen Schlüssel hervorgezogen und verschwindet im Eingang. Wir folgen ihr bis vor die Tür. Keine Klingel, kein Name an der Tür, nicht einmal eine Hausnummer – hier wohnt eine Frau, die nicht gefunden werden will. Einzig ein kleiner Lautsprecher und eine Videokamera sind im Türrahmen angebracht.

Ohne eine andere Möglichkeit sich bemerkbar zu machen, hämmert Colin einfach mit der Faust auf die Tür ein – seine ganz eigene Art zu klopfen. Zeit vergeht und es geschieht nichts. Colin hämmert wieder gegen die Tür und aus dem Lautsprecher ertönt plötzlich eine Stimme.

„Was wollen Sie?“

„Wir müssen mit Ihnen reden“, sagt Milly.

„Ich kenne Sie nicht. Verschwinden Sie!“

Die Stimme aus dem Lautsprecher klingt barsch.

„Der Vater dieses Mädchens wurde entführt“, erklärt Milly und zieht mich vor die Kamera. Wir können hören, wie die Stimme knisternd Luft holt, doch noch kommt nichts aus dem Lautsprecher. Dann ist auch das Knistern weg und um uns sind nur noch die Geräusche der Straße und der Passanten. Zeit vergeht und Colin tritt wieder vor, um erneut gegen die Tür zu hämmern, als die Tür sich öffnet. Colin steht noch immer mit erhobener Faust da, was ziemlich lächerlich aussieht. Langsam lässt er sie sinken.

Luisa Nera steht vor uns im Türrahmen und mein Herz macht einen Sprung, ohne dass ich weiß warum. Luisa ist weiter vorsichtig. Besonders scharf mustert sie Colin, der von uns dreien am gefährlichsten aussieht. Trotzdem bittet sie uns mit einer Geste herein und geht vor uns her durch eine lange Diele an einer Treppe vorbei in ein angrenzendes Zimmer.

Allem Anschein nach ist es das Wohnzimmer. Dicke Teppiche liegen auf dem Boden. Es gibt alte dunkle Holzmöbel und Regale voller Bücher und auch auf dem Boden türmen sich Stapel von Büchern. Sonst scheint der Raum jedoch nicht bewohnt. Es gibt keine Topfpflanzen, keine Bilder an den Wänden, keine Ziergegenstände oder Fotos – stattdessen mehrere überquellende Aschenbecher und leere Kaffeetassen.

Wir setzen uns auf eine Couch, deren Federn quietschen, als sich Colin niederlässt. Luisa Nera nimmt in einem Sessel uns gegenüber Platz. Sie trägt nicht mehr ihre Jacke. Jetzt, da ich mehr von ihr sehe, finde ich sie noch schöner. Es ist nicht die Schönheit der Frauen, die die Titelseiten von Magazinen zieren. Es ist eine märchenhafte, kalte Schönheit. Sie ist die Schneekönigin und sie wirkt dünn und zerbrechlich, so zerbrechlich, dass es etwas in mir zum Schwingen bringt.

Der Blick der Schneekönigin ruht nun auf mir und zu meiner eigenen Überraschung erwidere ich ihn. Da ist etwas Vertrautes in ihren Augen. Ich bemerke, wie Worte beginnen in mir aufzusteigen. Die andere Julia in mir beginnt sich zu regen, doch der magische Moment wird unterbrochen, als Milly anfängt zu erklären.

Die Schneekönigin hört zu und nach und nach verschwindet die Falte zwischen ihren Augenbrauen. Dafür werden die Augen darunter größer und größer. Als Milly beginnt, von der Welt hinter dem Vorhang zu sprechen, wird sie unterbrochen. Luisa ist jetzt weiß im Gesicht. Mit einer gemurmelten Entschuldigung greift sie in die Tasche und fördert ihr Zigarettenetui zutage. Sie entzündet eine und inhaliert tief. Dann bedeutet sie Milly, weiterzureden. Die Hand, die die Zigarette hält, zittert leicht, während sie weiter zuhört.

„Und weil die Entführer auch hinter Ihnen her sind, müssen wir Sie beschützen und verstecken“, schließt Milly ihren Bericht.

Luisa Nera überlegt und drückt die Zigarette dann in einem der vollen Aschenbecher aus. Dann steht sie auf und geht murmelnd auf und ab. Es ist, als wären wir gar nicht da. Nach einer Weile bleibt sie abrupt stehen und dreht sich zu mir. Unsere Blicke treffen sich erneut. Wieder ist da dieses vertraute Gefühl, aber ich kann nicht danach greifen – wie der Rauch ihrer Zigarette zerfasert es zwischen meinen Händen.

„Meinst du, ich sollte mitgehen?“

Ich nicke. Sie schaut mich einen Augenblick länger an und irgendetwas huscht über ihr Gesicht – da sind Schmerz und noch etwas anderes. Dann nickt auch sie.

„Ich muss nur noch ein paar Dinge zusammenpacken.“

Sie verschwindet nach oben und wir bleiben sitzen. Wir hören, wie im Obergeschoss Schubladen und Schranktüren geöffnet und wieder geschlossen werden. Kurz darauf knarzt die Treppe wieder und Luisa erscheint in der Tür. Sie trägt einen kleinen Rucksack und wieder ihre Jeansjacke. Wir erheben uns, um zu gehen, als plötzlich die Haustür aus den Angeln bricht.

Im Türrahmen stehen drei Männer in dunklen Anzügen. Ihre Gesichter sind erstaunlich leer – wie blanke Tafeln. Ich kann nicht erahnen, was sie denken. Dafür geht von ihnen eine Aura der Gewalt aus. Alle drei sind groß, breitschultrig und bewegen sich schnell und präzise. Einer bleibt zurück, während die anderen auf uns zugehen. Ich sehe keine Waffen, aber die brauchen sie bestimmt nicht. Ich analysiere das alles in Bruchteilen von Sekunden, doch äußerlich bin ich erstarrt – unfähig mich zu bewegen. Auch Milly und Luisa sind wie gelähmt. Doch nicht Colin.

Mit demselben mürrischen Gesichtsausdruck wie immer und demselben watschelnden Gang geht er den zwei Angreifern entgegen und stellt sich vor Luisa. Einer der Angreifer tritt vor und sein Arm schießt blitzschnell nach vorn. Ein gerader Schlag. Ich kann sehen, was für eine Kraft dahinter liegt. Der Schlag trifft Colin im Gesicht und sein Kopf ruckt zur Seite. Seine Lippe platzt auf und ein dünner Blutfaden läuft ihm übers Kinn. Doch anstatt zu Boden zu gehen, grinst er. Er wischt sich das Blut ab und nimmt die Haltung eines Boxers ein. Die Männer schauen sich an und verstehen einander. Zusammen gehen sie auf Colin los. Luisa und Milly schreien auf, während ich nur aus geweiteten Augen zusehen kann – als die beiden beginnen, auf den kleineren Mann im Fußballtrikot einzuschlagen. Doch wieder überrascht uns Colin. Locker blockt er alle Schläge und springt dann beide gleichzeitig mit einem Knurren an. Alle drei gehen zu Boden und jetzt ist es Colin, der um sich schlägt. Er rast wie ein wildes Tier. Der letzte der drei Angreifer will seinen Freunden zu Hilfe kommen, doch Colin springt auf und rennt ihn mit gesenktem Kopf einfach über den Haufen. Der Gegner und die beiden anderen Männer bleiben bewusstlos am Boden zurück. Wir gehen Colin hinterher nach draußen und steigen vorsichtig über die reglosen Körper. Draußen bleibt er stehen, blickt zurück und lächelt. Es ist das erste Lächeln, das ich auf seinem Gesicht sehe. Er winkt uns, ihm zu folgen und das tun wir.

Schnell gehen wir die Straße entlang und schaffen es bis zu unserem Auto. Wir steigen ein und als wir losfahren, höre ich, wie Colin leise summt. Während wir das Viertel verlassen, versuchen wir anderen, uns von dem Schrecken zu erholen. Normalerweise steche ich aus jeder Gruppe, in der ich mich befinde, leicht heraus. Ich bewege mich anders und mein Gesicht bleibt eine tote Maske ohne jede Mimik, denn meine Gefühle bleiben immer in mir verschlossen. Jetzt aber haben wir alle, mit Ausnahme von Colin, diesen Ausdruck – die Augen glasig, die Mundwinkel schlaff und die Schultern gesenkt. Bis auf Colins Summen und das Motorengeräusch herrscht Stille. Ich wende den Blick von Milly und Luisa ab, die so sehr zu meinem Spiegel geworden sind, dass ich es nicht ertragen kann.

Die Sonne geht draußen schon wieder unter. Es ist ein wunderschönes Licht, das nach Flieder duftet und mich wärmt. Die Schatten werden länger und sie sehen samtig und weich aus. Auf einmal taucht an einer Straßenecke aus dieser dunklen Weichheit eine Gestalt auf, oder besser: Sie schält sich direkt aus dieser Schwärze heraus, denn auch sie ist dunkel, doch an Haltung, Statur und Größe erkenne ich unseren Verfolger aus der Bibliothek. Wieder ist da ein leises Erkennen, das ich nicht ganz fassen kann. Die dunkle Gestalt, Luisa Nera, das Bild an von Hasenaus Decke – Puzzleteile eines großen Ganzen, das ich noch nicht begreife.

Als die Gestalt beginnt, hinter uns herzurennen, keuche ich und die Anderen erkennen schnell den Ursprung meiner Aufregung. Colin flucht und tritt das Gaspedal voll durch. Der Wagen schießt nach vorn und die schwarze Gestalt fällt zurück. Augenblicke später ist sie ganz verschwunden.

„Ich habe an euch gezweifelt, aber ab jetzt werde ich euch alles glauben, was ihr mir erzählt“, sagt Luisa mit belegter Stimme.

„Habt ihr irgendeine Ahnung, wer das war?“

Wir schütteln die Köpfe. Colin knurrt. Der Ernst der Lage wird uns immer deutlicher. Das erste Mal habe ich Angst, dass ich meinen Vater vielleicht niemals wiedersehen werde. Nein, ich muss diesen Gedanken loslassen. Ich sehe meinen Vater vor mir, wie er mir gegenüber am Tisch sitzt.

Wenn seine Hände nicht über die Tasten huschen, muss er sie beschäftigen, denn sie scheinen ihren eigenen Willen zu haben. In meiner Erinnerung nimmt er eine Orange aus der Obstschale und beginnt damit zu spielen.

„Julia, ich weiß, dass die Gefühle oft zu viel werden. Doch du darfst niemals zulassen, dass sie dir die Hoffnung nehmen. Richte deinen inneren Blick einfach auf den nächsten Schritt, den nächsten Atemzug, die nächste Aufgabe und versuche mit aller Kraft, nicht daran zu denken, was schief gehen könnte! Du weißt, ich liebe dich und das wird sich nie ändern, egal was passiert."

Das Traumbild meines Vaters lächelt mich an und ich spüre, wie es in mir warm wird. Diese Wärme ist es, die mir jetzt hilft, die düsteren Wolken, die sich in mir zusammenziehen, weit weg zu schieben, dorthin wo der Käfig steht, in dem die eingesperrten Monster schreien. Ich atme tief durch und zähle langsam bis meine Brust sich freier fühlt. Dann wende ich mich der Aufgabe vor mir zu: Wir müssen mit von Hasenau sprechen und überlegen, was zu tun ist.

***

Schon bald öffnen sich die bekannten Torflügel des Anwesens und wir fahren wieder durch den dunklen Wald. Obwohl die Sonne noch nicht ganz untergegangen ist, kommt er mir dunkel und bedrohlich vor, vielleicht noch mehr als bei unserem ersten Besuch. Ich versuche das Gefühl wegzuschieben, aber es krallt sich an der Oberfläche meines Bewusstseins fest und will nicht loslassen

Ich schaue zu Milly und Luisa. Auch sie wirken unruhig und schauen sich gehetzt um. Nur Colin sitzt entspannt hinter dem Lenkrad. Wir rollen langsam auf den Parkplatz. Noch während wir aus dem Wagen steigen, öffnet sich das Hauptportal und Herr von Hasenau tritt heraus. Er lächelt breit. Seine Zähne leuchten gelb. Er begrüßt uns freundlich und bittet uns herein. Colin nimmt sofort wieder die Rolle des Dieners ein und besorgt Erfrischungen.

Wenig später sitzen wir wieder in der Bibliothek und mein Blick verliert sich in der Darstellung von Adam und Eva. Haben sie sich auch so verlassen gefühlt, als sie aus dem Paradies vertrieben wurden – sich plötzlich ihrer Verletzlichkeit und Einsamkeit bewusst wurden.

Jemand hat eine kleine Sitzecke aufgestellt, die vorher nicht da war. Es gibt Sandwiches und Kaffee – ich halte mich an die mit Margarine und Wasser. Hier in Sicherheit scheinen sich Milly und Luisa langsam zu entspannen, doch mein Unbehagen will sich nicht legen. Ich schaue umher, ohne zu wissen, vor was ich mich eigentlich fürchte. Langsam habe ich Angst, dass es die Macht des Frostriesen ist, die ich spüre, dass sie jetzt weiter reicht als je zuvor und er nicht nur mein Gesicht, sondern auch mein Herz einfrieren lassen wird.

Nachdem wir uns gestärkt haben, reden wir über das, was uns hierhergeführt hat. Noch immer scheint Luisa stark, aber scheu. Sie blickt von Hasenau direkt in die Augen, antwortet auf alle Fragen mit fester Stimme, aber ich fühle, dass sie wieder eine Maske trägt. Es ist eine Maske von Kraft und Normalität – und ich beneide sie darum. Sie hat es geschafft, das, was sie von den Anderen unterscheidet, zu verbergen und kann so unabhängig und frei sein – und doch sie selbst.

„Es ist Ihre Art zu schreiben", erklärt von Hasenau. „Ich habe dafür Spezialisten engagiert. Ich persönlich weiß nicht genau, was es ist, doch es scheint da ein paar Besonderheiten zu geben. Der Professor, mit dem ich über Sie gesprochen habe, verglich Ihren Stil mit einem Vergrößerungsglas, das Details und Zusammenhänge offenbart und neue Sichtweisen eröffnet."

Und plötzlich spreche ich. Ich bin selbst erschrocken und ich kann hören, wie auch Milly überrascht die Luft einzieht. Ich kenne Luisa kaum und doch ist es, als wären wir uns nah. Ich blicke ihr tief in die Augen – und es kostet keine Überwindung.

„Es ist nicht deine Art zu schreiben, es ist das, was zwischen den Worten steht. Deine Seele schimmert hinter jedem Satz. Du erzählst nicht nur Geschichten, du erweckst sie mit deinem Inneren zum Leben. Das ist es, was dich von allen anderen unterscheidet", sage ich und ergänze: „Von allen anderen außer meinem Vater."

Luisa nickt, reißt die Augen auf und wechselt schnell zwischen Rot und Weiß hin und her. Sie setzt an, etwas zu erwidern, doch dann hat sie sich wieder unter Kontrolle. Stattdessen nimmt sie meine Hand und küsst sie und ich mache mich nicht steif. Es ist, als wäre ich mit ihr ein anderer Mensch – so wie ich hätte sein können, so wie ich nur mit Papa war – und mit David. Wir sehen uns an und um uns versinkt die Welt. Trotzdem nehme ich am Rande wahr, wie von Hasenau plötzlich aufspringt.

Die Bewegung ist überraschend abrupt für einen Mann seines Alters. Es sieht aus, als würde er an unsichtbaren Fäden in die Höhe gezogen. Und dann sehen wir, wie sich sein Gesicht verändert. Es gleicht nun endgültig einem Totenschädel. Das Schwarz in seinen Augen wird mehr und verschluckt das Gelb. Der alte, chemische Geruch ist jetzt so stark, dass man ihn fast greifen kann. Seine Haltung ist anders: nicht mehr schwach, sondern bedrohlich – der Wolf ist erwacht. Sein Grinsen ist ein Versprechen, das er einem gefangenen Schaf gibt. Am schlimmsten aber ist seine Stimme. Noch immer ist sie kratzig wie reißendes Papier, doch sie ist jetzt höher und sie trieft vor Genugtuung. Schauer zwischen Angst und Ekel jagen über meinen Körper.

„Ahh, mein Kind du sagst es. Sie ist die, die hinter die Dinge blicken kann. Und dahin wird sie für mich gehen."

Milly ist verwirrt und ängstlich, aber sie versteht noch nicht, was passiert.

„Was meinen Sie, Herr von Hasenau?“

Ich kann nicht verstehen, dass sie es nicht sieht. Das Wesen vor uns ist nicht mehr Herr von Hasenau. Es ist etwas Anderes, das seinen Körper übernommen hat. Auch Colin scheint nicht zu begreifen. Mit großen Augen glotzt er seinen Herren an und seine Hände öffnen und schließen sich, ohne, dass er sich dessen bewusst ist.

Von Hasenau – oder besser das Ding in seinem Körper lacht hohl. Die hohe Stimme schneidet in meine Gehörgänge wie ein heißes Messer.

„Ich habe jetzt endgültig die Kontrolle. Der alte Mann war lange nützlich, aber er war es nicht wert, uns zu führen. So viel musste ich tun, wenn er fort war, immer im Geheimen. Während er glaubte, der Bestimmung seiner Familie zu dienen, war er die ganze Zeit über meine Marionette. Ich bin seine Angst vor dem Tod. Ich bin seine durchwachten Nächte. Ich bin die Angst unbeweint im Grab zu versinken. Ich wurde in dem Moment geboren, in dem er das erste Mal von der Welt hinter dem Vorhang las, denn ich bin der Teil, der die Chance erkannt hat. Und endlich regiere ich. Bald werde ich hinter den Vorhang schauen und wir werden ewig leben – aber nur einer von uns wird dieses Leben führen.“

Er drückt einen Knopf an seinem Schreibtisch, der geschickt als Holzverzierung getarnt ist und beinahe sofort schwingt die Tür der Bibliothek auf. Rund 20 Männer in dunklen Anzügen stürmen herein. Sie sehen wie Klone der drei Männer aus, die uns in Luisas Wohnung überfallen haben, und genau wie diese greifen sie an.

Diesmal jedoch kommt uns Colin nicht zu Hilfe. Noch immer steht er da und schaut, als wäre auch er in der Hand des Frostriesen gefangen. Zwei der Männer ergreifen Milly und halten sie fest. Die Arme kann sich nicht wehren, so verängstigt und überrascht ist sie. Luisa rennt auf mich zu, stellt sich zwischen mich und die Männer und hebt die Hände. Dann aber sieht sie zur Tür und ihre Arme fallen schlaff nach unten. Innerhalb von Sekunden ist sie überwältigt.

Währenddessen sitze ich nur da und atme keuchend, unfähig etwas anderes zu tun, als zuzuschauen. Ich folge dem Blick von Luisa und sehe in der Tür meinen Vater stehen. Er trägt Handschellen und kämpft gegen zwei der Anzugträger, die ihn festhalten – doch er ist zu schwach. Dicke dunkle Ringe sind unter seinen Augen und er ist dünner als noch vor einem Tag. Sein Haar hängt ihm wirr ins Gesicht und auf seiner Wange ist ein Bluterguss. Ich will zu ihm, doch eine fremde Hand legt sich mir auf die Schulter und lähmt mich. Und dann öffnet sich die Hölle. Hinter meinem Vater und seinen Peinigern erscheinen zwei weiß gekleidete Männer. Auf ihrer Brust sehe ich ein Symbol, das ich kenne – es ist eine Schlange, die sich um einen Stab windet, aber ich sehe etwas dahinter – es sind ein paar tote Augen. Augen, die ich kenne.

Ich höre die Stimme des Alten:

„Solange wir uns um unsere Angelegenheiten kümmern, Julia, wirst du gut aufgehoben sein. Ich habe einen Ort gefunden, an dem man dich gut kennt. Ich wünsche dir eine gute Heimreise."

Der Käfig zerbricht und alles versinkt in Rot. Gefühle, Gedanken und Ängste rasen durch mich hindurch und zertrümmern mein Inneres. Der Frostriese atmet aus und Kälte überzieht alles und ich zerspringe. Die Männer in Weiß greifen nach mir und tragen mich nach draußen. Ich schreie und tobe, wie ein wildes Tier, doch vergeblich. Als die Türen des Kleinbusses hinter mir zufallen, wird es dunkel. Hier im Dunkeln, im Echo meiner eigenen Schreie, reise ich zurück an den Ort der Angst – in das Haus der toten Augen.

- 2 -

IM HAUS DER TOTEN AUGEN

Ich schlage die Augen auf. Aber es sind alte Augen, vergangene Augen. An den Erinnerungen hängen Spinnweben und die Fetzen ausgeträumter Alpträume. Ich erinnere mich an quietschende Reifen und wie mein Vater mich schubst. Noch nie hat er das getan – der sanfte Mann, mit den weichen jungen Händen und dem Bart, der nach Kräuterseife riecht. Ich schreie auf und als ich mich umblicke, schreie ich noch einmal – doch kein Ton kommt über meine Lippen. Die Schreie verhallen in meinem Inneren. Mein Vater liegt auf dem Boden. Ein Bein ist seltsam verrenkt. Über ihm ragt ein Wagen auf – der Tod in Schwarz und Chrom. Menschen beginnen sich um uns zu sammeln. Einige rempeln mich an, denn alle haben nur Augen für ihn. In diesem Moment bin ich so allein wie noch nie zuvor in meinem Leben.

„Julia!"

Ich höre den Ruf meines Vaters, aber ich kann nicht an den Menschen vor mir vorbeikommen, kann sie nicht berühren. Also stehe ich nur da – stumm und verlassen und mein Bewusstsein trommelt gegen die Wände meines Verstands. Sirenen heulen und dann schieben sich Menschen in Sanitäteruniformen durch die Menge. Eine Trage wird gebracht, doch mein Vater wehrt sich. Er ruft weiter nach mir und redet auf die Sanitäter ein. Dann plötzlich machen sie eine Gasse frei und mein Vater auf der Trage streckt die Hand nach mir aus. Ich renne zu ihm und würde ihn gern berühren, doch es geht nicht. Er aber lächelt mich nur an.

„Es wird alles gut."

Kurz darauf sitze ich im Krankenwagen, während der Sanitäter das Bein meines Vaters untersucht. Ich nehme alles um mich nur schwach wahr, denn die Sirene durchschneidet mein dünnes Nervenkostüm und drängt sich ins Sichtfeld meiner Wahrnehmung. Immer wieder flüstert mein Vater beruhigende Worte. Er kann es nicht sehen, aber diese Worte sind es, die mich aufrecht halten. Alles in mir schreit danach, zusammenzubrechen, mich zu einem Ball zusammenzurollen und mich in mir zu verkriechen.

Im Krankenhaus angekommen, wird die Stimme meines Vaters leiser. Die Schmerzmittel tun ihren Dienst, doch er kämpft dagegen an, gibt Anweisungen, was mit mir geschehen soll. Ehe er fertig ist, wird er ohnmächtig. Der Sanitäter aus dem Krankenwagen beugt sich zu mir herunter. Wie ich, steht er jetzt untätig daneben, während ein Team von Schwestern, Pflegern und Ärzten um meinen Vater herumwirbeln wie Tänzer in einem abstrakten Ballett.

„Wir kümmern uns um dich. Keine Angst. Wen kann ich anrufen? Deine Mutter?"

Doch ich kann nicht antworten. Ich kann ihn nur anstarren mit meinem leeren Gesicht. Er wiederholt seine Frage. Fragt anders, scherzt, versucht zu beruhigen. Als ich noch immer nicht antwor-

te, zuckt er die Schultern und geht zur Rezeption hinüber. Wenig später erscheint eine ältere Dame mit zu grellem Lippenstift, der Flecken auf ihren Zähnen hinterlässt. Sie stellt mir mit Pfefferminzatemstimme die gleichen Fragen. Als ich immer noch nicht antworte, nimmt sie mich an der Hand. Ich keuche und versuche mich loszumachen. Meine Augen drohen aus den Höhlen zu treten. Die Wolke von Pfefferminz und alter ungewaschener Haut darunter lässt mich würgen. Doch sie zerrt mich weiter in einen Raum und lässt mich allein. Ich höre sie im Nebenzimmer telefonieren, während ich zitternd auf einem Stuhl sitze.

„Ja, sie steht unter Schock. Definitiv psychotisch. Der Vater ist nicht ansprechbar. Vielleicht ist sie was für Sie?"

Nachdem sie aufgelegt hat, höre ich sie draußen hantieren. Eine Kaffeemaschine zischt und ein Stuhl knarrt, aber sie kommt nicht wieder.

Auf einmal höre ich ein leises Klicken – das Echo einer sachten Bewegung. Ich weiß plötzlich, dass dieses Geräusch meine Rettung sein kann, doch ehe meine Augen das ganze Zimmer durchleuchtet haben, geht die Tür erneut auf. Diesmal sind es zwei Männer in Weiß, auf deren Brust sich eine Schlange um einen Stab windet. Auch sie fragen, scherzen, schimpfen und zerren schließlich an mir. Ich ertrage es nicht mehr und tauche in mir unter. Wie mit dem Kopf unter Wasser nehme ich alles wahr: eine endlos scheinende Fahrt in einem Kleinbus, ein großes modernes Anwesen in einem verwilderten Park – Glas und Beton, automatische Türen, der Geruch nach Desinfektionsmittel und Ver-

zweiflung. Ich schließe wieder die Augen.

***

Als ich sie wieder öffne, beginnt die Sonne unterzugehen. Ihre Strahlen färben alles blutrot. Der Raum um mich ist klein und versucht wohnlich auszusehen. An den Wänden hängen gerahmte Comiczeichnungen von vermenschlichten Tieren, die wahrscheinlich Freude verbreiten sollen. Doch ich sehe nur leere Augen. All das aufgesetzt Heimelige kann die Gitter vor den Fenstern nicht leugnen, genauso wenig wie die schwere Metalltür ohne Klinke.

Ich will nicht hier sein. Ich liege auf dem Bett zusammengerollt wie im Bauch der Mutter, die ich nie gesehen habe. Ich will zu meinem Vater und ich habe Angst – um mich, aber vor allem um ihn. Eine weiß gekleidete Frau kommt herein, stellt ein Tablett auf das Tischchen neben mir und geht wieder. Ich lasse es unbeachtet.

Wieder vergeht Zeit. Der nächste, der den Raum betritt, ist ein junger Mann in einem weißen Kittel. Ich blicke auf und schaue in kleine tote Augen hinter einer dicken Brille mit runden Gläsern. Er setzt sich, aber er sagt kein Wort, sondern schaut mich bloß an, studiert mich wie eine Bazille unter einem Mikroskop.

Nach einer Weile geht er. Irgendwann kommt die Frau in Weiß mit einem neuen Tablett. Auch dieses lasse ich stehen. Über den nächsten Tag hinweg sehe ich abwechselnd den jungen Mann mit den toten Augen und die Frau in Weiß. Das Essen auf dem Ta-

blett ändert sich: Suppe, Nudeln, Kuchen, Sandwiches. Als ich alles stehen lasse, erscheinen schließlich trockenes Brot und Gemüse. Ich esse das Gemüse, das nicht grün ist, und etwas Brot, trinke etwas Wasser. Mehrere Tage vergehen. Ich esse Brot und Gemüse, trinke Wasser und ertrage die Minuten, in denen ich still studiert werde. Den Rest der Zeit verbringe ich mit mir und der Angst, dass ich meinen Vater nie wiedersehe.

Nach einer Woche spricht mich der junge Mann das erste Mal an. Seine Stimme ist überraschend tief, aber ohne Seele, wie die eines Roboters. Er fragt nach meinem Namen, aber ich kann nicht sprechen im Blick seiner toten Augen. Als ich nicht antworte, legt er mir einen Zettel mit einem Stift hin. Da ich mich zumindest etwas an seine Anwesenheit gewöhnt habe, schaffe ich es zu schreiben. Ich frage nach meinem Vater, doch er schüttelt nur den Kopf.

„Alles zu seiner Zeit."

Dafür stellt er weitere Fragen: Wie alt ich bin. Wer meine Freunde sind. Aber auch welche Farbe der Geruch von Brot hat und wie viele Gegenstände mein Zimmer enthält. Ich beantworte alles so gut ich kann, denn ich möchte wissen, wie es meinem Vater geht. Meine Fragen aber bleiben weiter unbeantwortet. Stattdessen schreibt er einige Sätze in sein Notizbuch und geht dann wieder hinaus.

Am nächsten Tag bringt er Karten mit wabernden Farbkreisen mit und befragt mich dazu. Ich bitte ihn kritzelnd wieder darum, mir etwas über meinen Vater zu erzählen, aber er schüttelt wieder den Kopf. Auch meine Bitte nach einem Buch wird abgelehnt. Stattdessen gibt es weitere Fragen und Übungen, von denen ich genau weiß, dass es Tests sind – nur was getestet wird, weiß ich nicht. Es ist anstrengend und am Ende schmerzt meine rechte Hand vom vielen Schreiben. An diesem Abend denke ich das erste Mal an Flucht.

Natürlich weiß ich, dass es 65 Objekte in diesem Zimmer gibt, aber keines davon kann mir bei meiner Flucht helfen. Die Tür ist so verstärkt, dass hier nichts auszurichten ist. Auch die Wände sind massiv. Ich hämmere dagegen und breche dann weinend zusammen. Wie ein Neugeborenes liege ich auf dem Boden und starre auf die Wand. Plötzlich höre ich wieder das Klicken und dann taucht ein kleiner grauer Schatten in meinem Sichtkreis auf.

Es ist eine Maus – eine Waldmaus, glaube ich. Ohne Scheu sitzt sie vor mir und blickt mich an. Ihre Augen mustern mich mit einem Ausdruck, der so verständig, so seelenvoll ist, dass es beinahe weh tut. Ich komme mir nackt vor, doch nicht ausgeliefert – eher frei, rein.

Wir sitzen lange so da und verweilen in der Verbindung unserer Blicke. Schließlich schaut die Maus auf und deutet mit der Schnauze in eine Richtung. Ich folge ihrem Blick. Er ist starr auf die beiden Bilder an der Wand gerichtet. Ich nicke, denn ich verstehe. Darauf trippelt sie mit leise klickenden Krallen zu meiner Pritsche und verschwindet darunter. Schnell springe ich auf und laufe hinter ihr her. Ich ziehe das Bettgestell von der Wand weg. Die Maus ist verschwunden. Stattdessen sehe ich etwas von

Bedeutung:

Vom Rahmen meines Bettes ist ein Stück Metall abgesplittert. Da es an der Wand steht, hat es noch niemand bemerkt – auch ich nicht. Das Stück ist etwa zwei Zentimeter breit und so lang wie meine Hand. Ich reiße es ab, indem ich es immer wieder und wieder hin und her biege. Nach etwa einer Stunde halte ich es in Händen.

Als nächstes nehme ich eines der Bilder ab und klopfe an die Wand dahinter. Ja, es klingt etwas anders als bei den anderen Wänden. Ich nehme einen Schuh zur Hand: meinen Schuh. Es ist ein Stiefel mit harter Sohle. Ich setze das Metall an der Wand an und schlage mit meiner Faust darauf, die in meinem Schuh steckt. Es gibt ein dumpfes Geräusch, aber nicht besonders laut. Putz rieselt auf das Bild, das ich verkehrt herum auf den Boden gelegt habe. Eine kleine Kerbe ist entstanden. Die Nacht vergeht und das Loch wird größer und dann tiefer.

Als der Morgen graut, kann ich schon meine Hand bis zum Gelenk hineinstecken. Ich lasse den kleinen Schuttberg vom Bild hinter das Bett rieseln, hänge das Bild an die Wand und positioniere es genau so, wie ich es vorgefunden habe. Als ich mich hinlege, ist mir bewusst, wie sinnlos meine Bemühungen sind, aber ich habe keine andere Wahl. Ich muss irgendetwas tun.

Die Tests gehen weiter. Sonst passiert nichts. In der kommenden Nacht arbeite ich weiter und auch in der nächsten. Inzwischen ist das Loch so tief, dass ich nicht mehr mit dem Schuh arbeiten kann. Alles was ich machen kann, ist darin herumzukratzen. Während ich das tue, höre ich plötzlich ein Klopfen.

Es ist so leise, dass ich es beinahe überhöre, aber da ist es. Ich halte den Atem an. Da höre ich es wieder. Ich kratze weiter – jetzt hektisch und dann breche ich durch. Ich weiß nicht wohin, aber plötzlich ist da an einer Stelle kein Widerstand mehr. Dafür ist da eine Stimme.

„Hallo?"

Erst glaube ich die Stimme der Maus zu vernehmen, doch es ist die Stimme eines Mannes – nein, jünger: die Stimme eines Jungen.

Er wiederholt seinen Ruf: „Hallo?"

In diesem einen Wort schwingen so viele Gefühle mit. Ich sehe sie als kleine Flammen vor mir. Da sind Trauer, Wut, Angst und eine unglaubliche Verletzlichkeit. All das schimmert in diesem einen Wort, in diesem Ton. Und zum ersten Mal in meinem Leben, spreche ich zu einem Unbekannten. Die Worte sind auf einmal da.

„Wer bist du?"

„David."

„Wer bist du?"

„Julia."

„Warum hast du durch die Wand gebohrt?"

„Ich muss zu meinem Vater."

„Du kannst hier nicht raus."

„Warum nicht?"

„Weil er dich nicht lässt."

„Wer?"

„Der Doktor."

„Was will er von mir?"

„Ich denke, das, was er von uns allen will."

„Was?"

„Unsere Seele."

Dann schweigen wir. Die letzten Worte hängen zwischen uns, bis die Sonne aufgeht. Zum ersten Mal in meinem Leben habe ich zu einem Fremden gesprochen – hier im Haus der toten Augen ist ein Wunder geschehen.

So lerne ich David kennen – den Jungen, der mein erster richtiger Freund wird. Wir reden nur nachts und wir sehen uns nicht, aber wir sind einander so ähnlich, dass ich bei ihm Worte finde, die mir sonst vorenthalten bleiben.

Wenn mein Vater mein Fels ist, ist David mein Schlüssel. Er öffnet mir die Augen und erklärt mir alles, was ich wissen muss. Wir sind in einer psychiatrischen Klinik. Ich bin noch immer hier, so glaubt er. Und weil der Doktor ein besonderes Interesse an mir hat, hat er es geschafft, dass ich noch länger bleiben muss. Wie er das geschafft hat, ist ein unlösbares Rätsel. Wenn der Doktor nicht neben einem von uns sitzt, verwandelt er sich in eine Schattengestalt – in einen Dämon, mit ungeahnten Kräften. Und wir sind ihm ausgeliefert.

***

David wird von Alpträumen geplagt. Manchmal kann ich ihn hören, wie er im Schlaf schreit. Das ist aber nicht der Grund, warum er hier ist. Er erzählt es mir in unserer dritten gemeinsamen Nacht – stockend und ängstlich. Der Junge mit der sanften Stimme trägt ein Feuer in sich, das ihn zu verbrennen droht. Wenn er zornig wird, kann er seine Wut nicht kontrollieren. Er nennt es das Lodern – der Moment, wenn er in Flammen aufgeht. Dann tut er Menschen weh. Lange hat er gekämpft, seine Wut zu zügeln. Er übt es zu atmen und sich zu konzentrieren, doch es ist schwer.

In der Klinik unter den toten Augen des Doktors ist es schlimmer geworden. Davids Feuer wird nicht gemindert, es wird begraben unter Schichten von Medikamenten. Pillen und Spritzen verfolgen ihn Tag für Tag und nur in der Nacht erlangt er eine Art von Bewusstsein wieder und findet so etwas wie Frieden.

Unter dem Berg von Medikamenten aber brennt das Feuer heißer denn je. Als er seine Erzählung beendet, höre ich Tränen in seiner Stimme. Ich helfe ihm, so gut ich kann. Gemeinsam zählen wir. Ich würde gern seine Hand halten und bin plötzlich sicher, dass ich es könnte. Doch zwischen uns ist die Wand.

Am darauffolgenden Tag beginnen die Experimente. Das erste Mal bedeutet mir der Doktor, ihm zu folgen. Ich gehe hinter ihm her. Die Flure sind kahler Beton und graue Steinfliesen. Alles wirkt verlassen und tot wie die Augen hinter der Brille. Ich werde in einen Raum geführt, in dessen Mitte ein großer Schreibtisch steht. Davor ist ein Stuhl aufgebaut, an dessen Armlehnen Schnallen befestigt sind. Ein Pfleger steht daneben.

Der Doktor bittet mich, mich zu setzen und ich tue es zögerlich. Dann schließt der Pfleger die Schnallen um meine Unterarme. Ich beginne zu zittern und mein Herz rast. Der Doktor wartet, bis ich mich etwas beruhigt habe – wie bei einem Pferd, das man zuerst an die Decke und später an den Sattel gewöhnt. Dann folgen neue Fragen, neue Tests und dann kommt die erste Spritze. Der Schmerz ist erst nicht schlimm, doch was immer sie mir spritzen, brennt wie Feuer in meinen Adern. Als es schlimmer wird, schreie ich vor Schmerz und Panik auf, zerre an den Schnallen. Doch es ist vergeblich. Ich bin ihnen ausgeliefert. Kurze Zeit später sehe ich Farbnebel und dann beginnt alles um mich sich sanft zu bewegen.

Es ist wie ein Vorhang, der leise im Wind hin und her schwingt. Dann meine ich wieder das Trippeln der Maus zu hören. Trotz der Schmerzen und trotz meiner Gefangenschaft wirkt dieses Bild nicht bedrohlich – doch da ist mehr. Ich kenne diesen Anblick von irgendwoher und mit ihm kommt eine unglaubliche Traurigkeit, so als hätte ich etwas sehr Wichtiges verloren.

Der Doktor befestigt Elektroden an meinem Kopf und schaut dann nur noch auf seinen Laptop, ohne mich weiter zu beachten. Ich habe keine Bedeutung für ihn. Gelegentlich drückt er eine Taste oder notiert etwas in seinem Buch. Nach einer Ewigkeit vergehen die Farbnebel und die Welt hört auf sich zu bewegen. Der Pfleger löst meine Fesseln und als ich aufstehe, knicken meine Beine ein. Der Pfleger nimmt mich in die Arme und ich schreie wieder – die Berührung ist zu viel. Dann werde ich ohnmächtig. Mein Gehirn gibt einfach auf. Als ich wieder zu mir komme, ist es Nacht. Neben mir steht ein Tablett mit Wasser, Brot und Gemüse, doch ich lasse es stehen und stürze an die Wand. Ich nehme das Bild herunter und noch ehe David ein Wort gesagt hat, breche ich in Tränen aus.

***

In den nächsten Tagen versinke ich immer tiefer in einen Sumpf aus Trauer und Pein. Die Tests gehen weiter und immer sind da die toten Augen und das unbewegte Gesicht. Ich lerne den An-

blick des Doktors so sehr zu fürchten, dass ich schon beginne zu schreien, wenn mich der Pfleger am Morgen holen kommt. Ich merke, wie ich zerbreche, diesmal sind es nicht meine Beherrschung oder meine Zurechnungsfähigkeit. Ich zerbreche tatsächlich. Es fehlt nicht mehr viel. An dem Abend, an dem alles endet, liege ich am Fuß der Wand, neben mir das abgenommene Bild. Ich habe keine Tränen mehr und keine Kraft. Es entweicht mir nur noch ein kraftloses Wimmern – der gepeinigte Laut eines gefangenen Tieres.

David hat mir lange gut zugeredet, doch jetzt ist er still geworden. Ich höre ihn ächzend atmen. Doch ich kann ihm gerade nicht beistehen. Ich sehe ihn vor mir, ohne ihn jemals gesehen zu haben, wie er in der gleichen verkrümmten Haltung an der Wand seines Zimmers kauert wie ich. So bleiben wir – vereint in unserem Schmerz, aber getrennt durch 40 Zentimeter Beton.

Die Tür geht auf und der Pfleger tritt ein. Sein Gesicht ist verkniffen. Er scheint seine Arbeit nicht gern zu tun. Dennoch tut er sie und nimmt mich, da ich nicht reagiere, kurzerhand auf die Arme. Ich habe keine Kraft zum Schreien und leide stumm.

Als er mich nach draußen trägt, trifft ein dumpfer Schlag die Tür von Davids Raum. Trotz der Schalldämmung hören wir beide einen Schrei. Mit einem resignierenden Seufzen setzt der Pfleger mich auf dem Boden ab, wo ich an der Wand wieder zusammensinke, die Arme um die Knie geschlungen. Der große Schlüsselbund rasselt, als er die Tür aufschließt. Als er einen Blick nach drinnen geworfen hat, ruft er einen Kollegen herbei, der etwas weiter unten an einem Wagen mit Handtüchern und Desinfektionsmitteln hantiert. Beide betreten das Zimmer. Ich kann hören, wie sie auf David einreden. Dann ertönt ein Schrei. Wie mein Wimmern ist es der Laut eines geschundenen Tieres, doch dieses Tier ist nicht gebrochen. Es tobt in wilder Wut. Das Lodern ist da.

Ein weiterer Schrei ertönt, diesmal ist es ein Schmerzensschrei und er kommt von einem der Pfleger. Dann gibt es einen dumpfen Schlag. Die Tür wird aufgestoßen, als der zweite Pfleger, mein Wächter, heraustaumelt. Seine Hand blutet aus einer tiefen Bisswunde und seine Augen sind voller Angst. In der offenen Tür steht David. Ihm zu Füßen liegt die reglose Gestalt des zweiten Pflegers. Zum ersten Mal sehe ich ihn.

Er ist mittelgroß und dünn. Seine Arme unter dem billigen Krankenhausschlafanzug sehen aus wie die Beine einer Spinne. Unter dunklem zerzausten Haar schauen braune, große Augen aus einem hageren Gesicht. Jetzt ist dieses Gesicht wutverzerrt und Blut tropft von seinem Mund.

Ehe mein Wächter entkommen kann, setzt er ihm nach, als dieser schwerfällig den Gang entlangstolpert, zweifellos, um Hilfe zu holen. David springt ihn von hinten an und der größere Mann geht zu Boden. Ein flimmerndes Gerangel entsteht. Ich sehe sich windende Gliedmaßen und höre Grunzen und schmerzerfülltes Stöhnen. Dann sehe ich, wie sich Davids Faust wie in Zeitlupe in die Luft reckt und dann mit unerwarteter Kraft niedersaust. Es klatscht wie das Geräusch einer Ohrfeige und der Pfleger erschlafft. David springt auf und rennt zu mir. Trotz der aufgeris-

senen Augen, trotz des Blutes und der Blutergüsse in seinem Gesicht habe ich keine Angst. Er hält vor mir an und dann stehen wir einen Augenblick eng beieinander. Kein Laut ist zu hören. Der Sturm, der um uns tobt, hält für einen Augenblick inne. Und dann schließen wir einander in die Arme. Sofort verschwinden einige der Risse in mir. Das gläserne Gebilde in meinem Inneren fügt sich wie von selbst wieder zusammen. Der fast zerstörte Käfig wird wieder ganz. Wir sehen uns in die Augen und ich wünschte, ich könnte ihn anlächeln oder ihn küssen, oder mehr tun, als ihn halten.

Dann rennen wir den Gang entlang. David scheint zu wissen, wohin wir gehen müssen. Unbehelligt passieren wir zwei Türen und stürzen eine Treppe hinunter. Wir sind in einer großen Halle, die eher an eine Hotelrezeption erinnert als an den Empfang einer Klinik. Vor uns steht der Doktor. In der Hand hält er ein kleines schwarzes Kästchen. David rennt auf ihn zu und ohne einen Ausdruck von Überraschung oder Furcht hebt der Doktor das Kästchen und David erstarrt. Ein Elektroschocker. David ächzt und kippt zur Seite. Der Doktor kümmert sich nicht um ihn. Seine toten Augen ruhen auf mir.

„Du bist mein Rätsel", sagt er mit dieser monotonen Roboterstimme. „Du wirst nicht gehen, ehe ich dich gelöst habe. Komme, was wolle."

Ich mache mich steif und warte auf die zupackenden Hände. Stattdessen höre ich es krachen und sehe, wie die Brille des Doktors explodiert. Wieder ist es wie in Zeitlupe. Ich sehe die vielen

Glassplitter aufsteigen wie ein Mosaik in der Luft. Eine der Scherben bohrt sich in das rechte tote Auge und schließt es. Blut tritt nun in Tropfen wie Honig. Dann läuft die Welt wieder in Normalgeschwindigkeit weiter und dem Wesen vor mir entweicht der erste menschliche Laut, den ich je von ihm gehört habe: ein schrilles Kreischen. Mit vor sein blutendes Auge geschlagenen Händen bricht der Doktor zusammen. Die toten Augen sind geschlossen. David steht hinter ihm, eine halb zerstörte Computertastatur in den Händen. Er lässt sie fallen und nimmt mich an der Hand – und ich lasse ihn. Gemeinsam gehen wir durch die Tür und lassen das Haus der toten Augen hinter uns.

***

Die Klinik ist umgeben von einem Park, dessen ungepflegter Wildwuchs nicht zum Geraden und Zweckmäßigen des Gebäudes passen will. Wir hasten weiter und schlagen uns in die Büsche. Es ist kalt und wir frieren in unseren Schlafanzügen. David atmet schwer und doch ist er es, der mich weiterzieht.

Zwischen den Bäumen tauchen wir in die Schatten. Meine Nerven sind durch die Ereignisse der letzten Minuten aufs Äußerste gespannt, meine Sinne geschärft. Ich schaue in die Schatten und sehe, wie sich darin etwas bewegt, dort wo sie am tiefsten sind. Hier auf der Schneide des Messers tanzend – zwischen Nervenzusammenbruch und dem Hochgefühl meinem Gefängnis entronnen zu sein, brauche ich die Drogen des Doktors nicht, um wirklich zu sehen. Ich sehe es wieder. Ich sehe, wie der Schatten sich bewegt und greife danach – nicht mit meinen Händen, son-

dern mit meinem Geist. Ich ziehe David in eine kleine Höhlung, zwischen zwei verwobenen Buchen und hülle uns in den Schatten. Hier ruhen wir uns aus. Ich spüre, wie auch David sich beruhigt – wie wir einander Ruhe geben. Es ist das erste Mal in meinem Leben, dass ich einem anderen Menschen so nah bin. Wir hören Stimmen, die vom Haus her herüberwehen. Wenig später sehen wir zehn Männer in Weiß in unsere Richtung kommen. Davids Muskeln spannen sich an, aber ich halte ihn zurück.

„Warte!“ flüstere ich.

Schon haben sie uns erreicht. Sie tragen Schlagstöcke und weitere Elektroschocker. Aus irgendeinem Grund habe ich keine Angst. Ich rieche das durchdringende Aroma von Wald und den sauberen Schweiß auf Davids Haut. In der Ferne meine ich einmal mehr das Trippeln kleiner Mäusepfoten zu vernehmen.

Tatsächlich gehen die Männer direkt an uns vorbei, ohne uns zu bemerken. Wenig später kehren sie wieder um und gehen zum Hauptgebäude zurück. Wir warten noch lange, bis wir aufstehen und langsam auf wackeligen Beinen unserer Freiheit entgegengehen. Als wir an einen Zaun kommen, gerate ich kurz in Panik, doch David packt die Maschen des Drahtgeflechts und zieht. Sein Kopf wird rot und seine Knochen knacken. Blut tropft von seinen Händen, wo das Metall einschneidet. Dann reißt etwas und der Weg ist frei.

Stunden später sind wir vor meiner Wohnungstür. Ich läute und als sie aufschwingt, steht mein Vater vor mir. Er fragt nichts und sagt kein Wort. Er nimmt mich einfach nur in die Arme, erträgt, dass ich mich versteife und hält mich so fest, als wollte er mich nie wieder loslassen. Als ich mich umdrehe, ist David verschwunden. Ich lasse zu, dass mein Vater mich in mein Zimmer bringt und ins Bett legt. Dann schlafe ich. Der Schlaf bringt meine Kraft zurück, aber er lässt mich nicht vergessen. David ist fort, doch er ist immer bei mir.

- IM HIER UND JETZT -

Ich komme wieder zu mir, als der Wagen stoppt. Einer der Männer in Weiß sitzt neben mir, der andere hinter dem Steuer. Wir befinden uns mitten im Wald des Anwesens. Irgendetwas da draußen hat die Aufmerksamkeit der beiden erregt. Der Fahrer starrt angestrengt nach draußen, als etwas gegen die Seite des Wagens donnert. Beide Männer schauen sich an – ein stummes Gespräch. Dann beugt sich der Fahrer nach vorn und entnimmt dem Handschuhfach einen Schlagstock und ein Pfefferspray. Er reicht das Spray dem Mann neben mir und beide steigen aus. Ein Piepsen ertönt und die Zentralverriegelung rastet ein.

Ich folge meinen Wächtern mit den Augen. Beide gehen vorsichtig um das Auto herum und schauen nach allen Seiten. Plötzlich löst sich eine dunkle Gestalt aus dem Dickicht zu unserer Rechten. Ich stöhne auf und versuche in den Polstern zu versinken. Es ist unser Verfolger aus der Bibliothek. Die Kapuze hüllt sein Gesicht in Schatten. Ganz ruhig geht er auf die Männer zu. Derjenige, der den Schlagstock hält, geht ihm entgegen.

„Mach, dass du verschwindest!“, knurrt er.

Der Fremde tut nichts dergleichen. Er geht weiter auf die beiden zu. Der Schlagstockträger tritt ihm entgegen, holt aus und lässt seine Waffe in einem pfeilschnellen Bogen herabsausen. Ich kann sehen, wie er seine ganze Kraft in den Schlag legt. Die Hand des Fremden schießt hoch – schneller, viel schneller – und packt den Schlagstock, als würde dieser starr in der Luft hängen. Mit einem Ruck entreißt er ihn seinem Besitzer. Noch in derselben Bewegung schleudert er den Stock wie ein Wurfgeschoss auf den zweiten Mann. Als der Schlagstock ihn am Kopf trifft, gibt es ein Hölzernes >>Plonk<< und der Getroffene geht zu Boden.

Der Waffenlose steht fassungslos da und will die Flucht ergreifen, doch der Fremde packt ihn, als er sich umdrehen will, und hebt ihn mühelos in die Höhe. Dann wirft er ihn gegen eine nahestehende Tanne. Wieder ertönt ein dumpfes Geräusch und der zweite Mann bleibt am Fuße des Baumes liegen. Dann wendet sich der Fremde mir zu. Er bückt sich, hakt den Zündschlüssel vom Gürtel des Fahrers und kommt dann auf mich zu. Als die Verriegelung sich löst, verfalle ich in eine Starre. Der Fremde öffnet die Wagentür und schaut auf mich herab. Eine Weile bleibt er einfach so stehen und mein Herz droht vor Anspannung zu versagen.

„Bitte, ich muss meinem Vater helfen“, stöhne ich.

Dann wird mir klar, dass ich gerade mit dem Fremden gesprochen habe. Und während ich noch versuche, die Scherben meiner zerbrochenen Realität zusammenzukehren, schiebt der Fremde die Kapuze zurück und ich sehe dunkles zerzaustes Haar, hagere Züge und große braune Augen. David blickt mich an und lächelt. Dabei streckt er mir die Hand entgegen.

„Lass uns gehen!“

***

Das letzte Mal, als wir uns gesehen haben, sind wir durch einen Wald geirrt und das tun wir auch heute. Wie Hänsel und Gretel halten wir uns an den Händen. Davids Griff ist sanft und stark. Er ist größer geworden und breiter, doch sein Gesicht ist noch immer dasselbe. Wir halten inne und setzen uns unter einen Baum, um zu verschnaufen. Ich spreche ihn an und jedes Wort wird in die Welt geboren, denn es ist so neu zu sprechen – ihm nah zu sein.

„Warum bist du hier?“

David blickt verlegen zu Boden. Ich kann das lodernde Feuer in seinem Inneren spüren, doch ich weiß, dass es mich nicht verletzen kann. Er ist der Schlüssel zu meinen Worten, aber ich bin die Hüterin seines Feuers.

„Ich war immer da."

Ich blicke ihn verständnislos an. „Immer?"

„Immer seit unserer Flucht."

„Aber wie?"

Er zuckt nur die Achseln, als wäre das nicht wichtig.

„Warum?"

„Weil du wichtig bist."

„Was meinst du?" Meine Stimme ist spröde und trocken.

„Du bist anders."

Das erste Mal seit wir uns kennen, tun seine Worte weh. Ich weiß, dass ich anders bin, nicht vollständig.

„Was soll das heißen?"

„Du leuchtest. Siehst du das denn nicht?"

Plötzlich werden wir unterbrochen. Schritte nähern sich. Wie ich es damals getan habe und seitdem viele Male, suche ich das sanfte Schwingen des Vorhangs und ziehe instinktiv den Schatten um uns zusammen. Zwei Männer in dunklen Anzügen gehen an uns vorbei, aber sie bemerken uns nicht. Nachdem sie weg sind, schauen wir uns kurz an und vertrauen einander blind. Wir müssen zurück.

Im Schutz des Schattens gehen wir durch den Wald. Die letzten Sonnenstrahlen des Tages brechen nur unregelmäßig durch die Äste über uns und tauchen alles in ein gedämpftes Halbdunkel. Auf unserem Weg kommen wir an mehreren verstecken Fallen vorbei: Stolperdrähte, Tellereisen und Fallgruben. Dieser Wald ist nicht nur das dekadente Statussymbol eines reichen, alten Mannes, er ist ein Verteidigungsring. Ohne meinen Blick, der alles aufnimmt, wären wir jetzt vielleicht schon gefangen – oder vielleicht tot. Zu Fuß sind es mehr als zwanzig Minuten, bis wir das Hauptgebäude erreichen. Da wir noch immer im Schattenmantel verborgen sind, sehen uns die Wachen vor dem Anwesen nicht. Sie haben den gesamten Platz im Blick.

Ich spüre mehr als ich es sehe, dass sich David neben mir bereit macht. Bevor er einen aussichtslosen Kampf beginnen kann, halte ich ihn zurück. Ich habe eine Idee, oder besser: ein Gefühl. Ich konzentriere mich und starre in den Schatten. Ich sehe wieder die sanfte Bewegung und greife danach – aber diesmal greife ich tiefer. Ich hülle uns noch enger in den Schattenumhang. Dabei habe ich das merkwürdige Gefühl, als wären wir gar nicht mehr richtig hier. Als ein leichter Wind aufkommt, ist es, als würde er durch uns hindurchwehen.

Wir laufen los, direkt an den Wachen vorbei, die uns nicht bemerken. Am Hauptportal warten wir eine kleine Ewigkeit, bis schließlich ein paar neue Männer in schwarzen Anzügen herauskommen, um ihre Kameraden abzulösen. Wir schlüpfen schnell durch die offene Tür und beginnen unsere Suche.

***

Im Inneren des Anwesens ist es still. Mit David an meiner Seite und so tief in den Schatten kann ich der Anziehungskraft der Bilder diesmal standhalten. Wir schleichen in die Bibliothek, aber auch die ist verlassen. Nichts erinnert mehr daran, dass hier vor Kurzem ein Kampf stattgefunden hat. Wir erkunden das Haus weiter. Wir finden eine riesige Küche ohne sichtbare Lebensmittel, mehrere Schlafzimmer (eines davon ist so voller Fußballwimpel, dass es das von Colin sein muss), sogar ein eigenes Schwimmbad und dann stehen wir vor einer grauen Metalltür. Ganz unscheinbar schmiegt sie sich in eine Ecke, als wolle sie sagen: „Ich bin nicht wichtig, geht einfach weiter." Aber wir glauben ihr nicht.

Als wir näher herantreten, sehen wir einen kleinen Metallkasten neben dem Türrahmen. In die Deckplatte ist ein Ziffernfeld eingelassen – ein Codeschloss. Eine nahezu unüberwindliche Barriere, doch da ich selbst winzige Kleinigkeiten wahrnehme, sehe ich den kleinen Fettfilm auf drei der Tasten. Schnell probieren wir die Kombination dieser

Zahlen und schon beim fünften Versuch öffnet sich die Tür mit einem Surren. Wir gehen hindurch und Licht flammt automatisch auf. Hinter der Tür ist ein langer schmaler Gang ohne Türen. Als wir ihn entlanggehen, erzeugen unsere Schritte kaum ein Geräusch, so als würde irgendetwas den Schall schlucken.

Am Ende des Ganges ist eine Abzweigung nach rechts und dann ein weiterer Gang. Wir laufen weiter und kommen schließlich an eine weitere Tür, diese jedoch ist mit einem Riegel gesichert.

David schiebt den Riegel auf und wir betreten einen Raum, der etwa so groß ist wie eine Zweiraumwohnung. Zwei Betten stehen hier, zwei Schreibtische aus Metall und zwei identische Laptops. In der Mitte des Raumes stehen mein Vater und Luisa. Milly sitzt etwas entfernt auf einem Sofa. Ich will zu ihnen rennen, doch dann pralle ich zurück. Mein Vater und Luisa halten sich an den Händen. Er nimmt sie in die Arme und dann küssen sie sich. Beide sehen aus, als wären sie durch die Hölle gegangen, doch um ihre Lippen spielt ein Lächeln – ganz zaghaft, doch unbeschreiblich schön.

Ich schaue ihnen eine Weile zu, verwirrt und verzaubert von diesem Moment. Ich verstehe nicht, was hier passiert, aber ich weiß, dass es etwas Gutes ist. Als ich den Schattenumhang abwerfe, zucken alle Anwesenden überrascht zusammen, doch trotz ihrer Überraschung lassen mein Vater und Luisa nicht die Hand des Anderen los. Mein Vater findet als Erster die Sprache wieder.

„Julia. Wie kommst du…?“ Er bricht ab und schluckt trocken. „Wie konntest du entkommen?“

Anstatt zu antworten, drehe ich mich zu David und lege meine Hand auf seinen Arm. Als sie sehen, wie ich ihn berühre, werden ihre Augen vor Überraschung groß. Wieder spricht mein Vater. Luisa hält sich zurück und blickt mir nicht in die Augen. Ihre Körperhaltung wirkt schuldbewusst. Aber warum? Bevor ich weiter darüber nachdenken kann, reißt mich die Stimme meines Vaters aus meinen Gedanken.

„Oh Gott, du bist wohlauf.“

Damit stürzt er zu mir und drückt mich an sich. Obwohl ich mich versteife, wirbelt er mich herum und lacht. Schnell wird er aber wieder ernst.

„Wir müssen verschwinden, bevor sie euer Eindringen bemerken.“

„Ich würde sagen, dafür ist es leider zu spät.“

Wir fahren herum und da stehen Herr von Hasenau und sechs seiner Männer. Hinter ihm, wie so oft, steht Colin, doch sein Gesichtsausdruck ist anders. Das ist nicht der knurrige Hooligan, den ich kennengelernt habe. An dessen Stelle ist etwas Neues getreten, eine Traurigkeit, die nicht recht zu diesem grobschlächtigen Äußeren passen will. Von Hasenau nickt derweil und einer der Männer donnert:

„Zugriff!“

Die fünf kommen näher und David geht knurrend in Verteidigungsposition. Doch ehe sie die wenigen Meter bis zu uns überwunden haben, ertönt ein Schrei. Colin ist in Bewegung und greift einen der Männer in Schwarz von hinten an. Ein wilder Schwinger landet auf dessen Hinterkopf und der Mann sackt zusammen. Gemeinsam mit David, der ebenfalls angreift, nehmen sie die Männer in die Zange. Es dauert nicht lange, bis von Hasenaus kleine Armee bewusstlos am Boden liegt. Beide Kämpfer atmen schwer, sind aber unverletzt. Von Hasenau ist währenddessen zurückgewichen und hat die Hände in seine spärlichen Haarsträhnen gekrallt.

Und dann passiert es wieder: Er verändert sich. Seine Haltung, seine Augen und selbst sein Geruch werden wieder die seines anderen Selbst, so, wie er vor seiner Verwandlung war. Die Verwandlung geht nicht spurlos an ihm vorbei. Seine Knie geben nach, doch bevor er fallen kann, fängt ihn Colin auf. Von Hasenau lächelt und drückt mit schwacher Hand seine Schulter.

„Mein Lieber.“

Als er sich an uns wendet, höre ich Tränen in seiner Stimme.

„Es tut mir so leid. Ich habe immer geahnt, dass er in mir lauert, aber ich wollte es nicht wahrhaben. Ich habe versucht, es auf lebhafte Träume zu schieben, weil ich nicht akzeptieren konnte. Ich bitte Sie alle um Entschuldigung – besonders dich, Julia. Ich hoffe, du kannst mir irgendwann verzeihen."

Für eine Weile herrscht Stille. Doch dann meldet sich mein Vater zu Wort.

„Es ist gut. Wir haben unsere Julia wieder und wir waren nie in Gefahr, die andere Welt zu erreichen. Ich habe mitgespielt, aus Angst, dass Sie meiner Tochter etwas antun könnten, aber nun, da sie in Sicherheit ist, ist es Zeit das alles hinter uns zu lassen. Wir waren bereits dort und wer einmal dort war, kann erst dann zurückkehren, wenn er dieses Leben hinter sich lässt."

Ich bin wie erschlagen. Mein Vater, den ich noch vor Sekunden in- und auswendig zu kennen glaubte, mein Vater, der sanfte Geschichten schreibt, mein Vater, der mich immer beruhigen kann, hat eine Welt jenseits der unsrigen entdeckt? Aber viel mehr bringt mich ein Wort aus dem Konzept.

„Wir?"

Mein Vater schaut nun zu Boden, genau wie Luisa es tut. „Julia, Luisa ist deine Mutter."

Dann beginnt er zu erzählen.

- 3 -

DIE VERBOTENEN FRÜCHTE

Sie lernen einander auf dem großen Rasen kennen, der vor der Universität liegt. Er sitzt unter einer Weide im Schatten und schreibt in ein zerfleddertes Notizbuch. Er bemerkt sie nicht, denn er ist in seinen Worten gefangen. Lange steht sie einfach nur da und betrachtet ihn.

Sein Haar ist zu lang und sein Bart wuchert wild. Seine Hose hat Brandlöcher von den vielen Zigaretten, die er raucht. In seinem Gesicht sind schon erste Falten, die ein scheues Lächeln hineingegraben hat. Doch in der Art, wie er die Seiten umblättert, erahnt sie Zärtlichkeit.

Als sie ihn anspricht, schaut er zunächst nicht auf. Der Bleistift kratzt weiter über die Seiten, denn die Welt außerhalb des Kratzens ist ihm schon lange nicht mehr wichtig. Sie lässt ein paar Augenblicke vergehen und setzt sich dann einfach neben ihn in den kühlen Schatten. Sie schaut auf die anderen Studenten, die sich auf dem Rasen vergnügen. Einige werfen Frisbees, andere trinken oder unterhalten sich. Keiner lernt oder arbeitet an solch einem Tag.

Irgendwann hört das Kratzen auf und er schaut zu ihr herüber. Sie sieht ihn an, ohne zu lächeln, aber in diesem ernsten Frauengesicht ist etwas, das er erkennt, obwohl er es noch nie gesehen hat. Tief in sich weiß er bereits, dass er ihr gehört, dass sich ab diesem Moment sein ganzes Sein nur um das drehen wird, was er in diesen braunen Augen gesehen hat.

Er schaut weg, kann den Blick nicht länger ertragen, denn was er bedeutet, macht ihm Angst. Seine Welt hat gerade aufgehört zu sein und er treibt wie ein Schiff ohne Segel und Anker auf die offene See hinaus. Er springt auf, stopft das Notizbuch in seine Tasche und geht ohne ein Wort davon. Sie blickt ihm nach und lächelt, denn sie versteht. Sie zieht ein kleines Buch aus der Tasche – es sind seine Worte – und blättert darin, kostet hier und da ein paar Worte wie süße Früchte. Hier zwischen diesen Seiten hat sie ihn kennengelernt und hier hat sie begonnen ihn zu lieben.

Sie packt das Buch wieder weg und holt stattdessen ein handbeschriebenes Blatt hervor. Sie nimmt es und faltet es zusammen. Dann steckt sie es in ein Astloch der Weide und geht leise summend davon.

Wieder sitzt er unter der Weide, doch der Bleistift liegt nutzlos auf dem Boden. Die Welt, in der er schreiben konnte, ist brennend untergegangen. Er schaut zu den anderen Studenten und wünscht sich zum ersten Mal in seinem Leben, dass er mit ihnen tauschen könnte.

Frustriert lehnt er sich an den Stamm hinter sich und entzündet eine Zigarette – doch der Rauch schmeckt schal. Auf einmal fällt ein gefalteter Zettel auf seine Brust. Er nimmt ihn in die Hand, schaut sich stirnrunzelnd um, entdeckt niemanden. Er entfaltet *den Zettel und beginnt zu lesen. Es sind nur wenige Worte, doch sie nehmen ihn gefangen. Immer wieder und wieder folgen ihnen seine Augen über die Seite.*

Die Zigarette in seiner Hand fällt achtlos zu Boden. Als er aufblickt, hat die Sonne begonnen unterzugehen – und dort steht die junge Frau, die nicht lächelt. Er weiß, dass es ihre Worte sind und auch wenn ihm Unsicherheit die Kehle zuschnürt und er den festen unnachgiebigen Griff des Schicksals scheut, steht er auf und nimmt sie in die Arme. Sie sprechen nicht an diesem Tag. Ihre Worte sind sich bereits begegnet. Sie kennen einander, lieben einander – es gibt nichts zu sagen. Sie halten sich einfach aneinander fest.

***

Das Leben wird zum Traum. Sie sind eins. Vereint finden sie mehr Worte, die nur so aus ihnen herausfließen. Oft sitzen sie sich gegenüber und schauen sich lächelnd an, während ihre Finger über die Tasten der Schreibmaschinen gleiten – eine sanfte Harmonie. Manchmal zwischendurch hören sie auf und gehen nach draußen. Während sie Hand in Hand durch die Stadt gehen, reden sie, küssen sich, lachen. Sie glauben, dass es ewig so weiter geht, doch sie irren sich.

Unter der Liebe und den Worten bröckelt der Boden, denn sie sehnen sich nach etwas, dass sie sich nicht geben können. Oft streicht sie in Gedanken über ihren Bauch, doch ihr Verlangen ist umsonst. Dann nimmt er sie in die Arme und gibt ihr Trost, doch auch er kann das Verlangen nicht stillen. Auch seine Liebe kann nichts wachsen lassen, wo nichts wachsen kann. Liebe und Sehnsucht vereinen sich zu einem Schmerz, der auf den beiden lastet.

Bald darauf wird sie krank, so krank, dass er um ihr Leben zu fürchten beginnt. Die Trauer lässt ihren Körper welken und sie sieht ihn manchmal mit Augen an, in denen ein liebevoller Abschied liegt. Wenn er sie ansieht, droht sein Herz zu zerspringen. Er teilt ihren Schmerz und er kann sie nicht verlieren. Sie ist nun seine Welt und wenn sie stirbt, dann stirbt auch er, das weiß er ganz genau.

Also tut er das einzige, das er kennt. Er stürzt sich in die Welt der Worte. Er liest von neuen Therapien und schreibt Briefe, telefoniert. Doch alles ist vergebens. Die Wissenschaft kann ihm nicht bieten, was er sucht, also wendet er sich um und blickt in die Vergangenheit. Nachts, wenn seine Geliebte ihren dünnen, unruhigen Schlaf schläft, sitzt er über alten Folianten und versucht, sie zu entziffern. Und er wird fündig.

Er liest von einer Welt hinter der Welt und von Menschen, die sie erreichen können, indem sie sich aus einer Geschichte eine Brücke bauen. Er liest, dass sie nie erreicht wurde und er weiß, warum. Er ist der erste, der die Wahrheit erkennt: All die Menschen wurden gezwungen zu suchen oder suchten Macht und Reichtum, doch es sind nicht Furcht oder Gewinnsucht, die den Weg öffnen, sondern Liebe. Er lächelt, schließt das Buch und fängt an zu schreiben.

Als sie morgens auf schwachen Beinen ins Arbeitszimmer kommt, lächelt er noch immer, obwohl seine Augen blutunterlaufen sind und er sich kaum noch aufrecht halten kann. Die Schreibmaschine steht in der Ecke, denn er muss die Worte fühlen.

Ihr trüber Blick bemerkt nicht, dass es sein altes Notizbuch ist, in dem er schreibt, doch sie spürt dennoch, dass etwas anders ist. In seinem Gesicht sieht sie einen Schimmer von Hoffnung. Das Kratzen begleitet sie durch den Tag und auch wenn es ihr ohne seine Unterstützung schwer fällt sich zu versorgen, äußert sie keine Klage. Sie weiß, dass er etwas Besonderes tut und so lässt sie ihn gewähren, auch, als sie am nächsten Morgen feststellt, dass er anfängt, durchscheinend zu werden.

Sie legt die Arme um ihn und küsst ihn auf die Stirn. Dabei bemerkt sie, dass er nicht mehr ganz in ihrer Welt ist. Nachts, als sie wieder allein im Bett liegt, hört plötzlich das Kratzen auf. Es ist, als würde der Wegfall des Geräuschs ein Nichtgeräusch erzeugen, das in ihren Ohren schmerzt. Sie steht auf, so schnell sie kann und wankt hinüber ins Arbeitszimmer, doch der Raum ist leer. Der Bleistift und das Notizbuch liegen vor ihr auf dem Tisch. Sie hebt das Buch auf und liest die Worte darin. Es ist eine Geschichte, aber eigentlich geht es nur um sie – immer nur um sie. Sie weint eine einzige Träne und dann geht sie wieder zu Bett. Sie weiß jetzt, dass alles gut werden wird.

***

Am nächsten Morgen treibt sie erneut ein Gefühl aus dem Bett.

Es ist seine Anwesenheit, die sie jetzt wieder deutlich spürt. Sie steht auf und geht ins Arbeitszimmer – und da sitzt er am Schreibtisch – wieder ganz von dieser Welt. Doch sein Bart ist länger und es sind erste graue Strähnen darin. Seine Augen sind traurig, doch auch so friedvoll, wie sie es noch nie gesehen hat.

In seiner Hand hält er einen Apfel. Die Schale der Frucht leuchtet dunkelrot – so rot wie Blut. Ihre Schwäche vergessend rennt sie auf ihn zu und sinkt in seine Arme. Sie riecht Erde und Sonne und trockenes Laub an ihm und noch etwas Fremdes. Seine Hand streicht durch ihr Haar und seine Lippen liegen auf ihrer Stirn. Leise murmelt er:

„Es wird geschehen, aber es hat seinen Preis."

Sie sieht ihn an. „Welchen?"

„Es wird nicht ganz von dieser Welt sein – immer fremd, immer gespalten."

Sie denkt nicht einmal nach, sondern reißt ihm den Apfel aus der Hand und beißt hinein. Die Süße ist himmlisch und dicker Saft rinnt ihr Kinn hinab. Als sie darüberwischt, ist ihre Hand blutverschmiert. Doch da ist kein Ekel. Gierig verschlingt sie den Apfel bis auf den Stiel. Dann weint sie – lang und bitterlich und vor Freude.

Schon jetzt hat sie das Gefühl, dass in ihr etwas wächst, das lebt und sie ist erfüllt von dem Gefühl, das sie so lang ersehnt hat.

Doch in all dem ist auch ein sanfter Schatten – eine leichte zweifelnde Angst, dass das, was in ihr wächst, nicht gedeihen könnte – dass sie einen Fehler gemacht haben. Doch in seinen sanften Armen verschwindet der Schatten für eine lange Zeit.

- IM HIER UND JETZT -

Luisa hat meinem Vater die Hand auf die Schulter gelegt und ihre Geschichte verhallt im Raum, aber vor allem in meinem Herzen. Sie, die mich wollte, hat mich für immer verlassen und ohne die Entführung hätte ich nie von ihr erfahren. Ich hätte weiter mit diesem Loch in mir gelebt, nicht zu wissen. Ich brauche die Frage nicht zu stellen. Sie hängt beinahe greifbar zwischen uns: „Warum?"

Ich sehe Tränen über ihre Wangen laufen und das erste Mal in meinem Leben bin ich froh über mein lebloses Gesicht. Da ist etwas Neues in mir, etwas das will, dass sie leidet wie ich jahrelang gelitten habe. Sie macht einen Schritt auf mich zu, hält dann an und streckt die Hand nach mir aus, hält inne.

„Ich war nicht stark genug." Ein tiefes Schluchzen schüttelt sie. „Du warst mein Ein und Alles, aber ich konnte nicht mit ansehen, wie du in einer Welt aufwächst, die nicht die deine ist. Ein Teil von dir liegt auf der anderen Seite und ich wusste, dass dein Leid so schwer sein würde – und das alles wegen mir. Mein Wunsch nach dir ist der Grund deines

Leidens. Verstehst du das? Dein Vater hat sich in Gefahr begeben aus Liebe zu mir und ich konnte nicht für euch sein, was ich sein wollte. Meine Liebe war nicht stark genug, ihm sein Opfer zu vergelten und dich zu heilen. Ich wollte sterben, doch ich konnte auch nicht ohne euch sein. Seitdem lebe auch ich ein halbes Leben in dem Versuch mit der Schuld und meiner Sehnsucht fertig zu werden.“

Meine Mutter bricht zusammen. Mein Vater kniet neben ihr und streicht ihr über den Rücken. Seine Berührung ist so sanft und liebevoll. Ich sehe ihn an und weiß, dass er sie noch immer von ganzem Herzen liebt. Ich versuche mich zu verschließen, versuche mein Inneres so unbewegt wie mein Gesicht zu belassen. Aber das Mitgefühl bahnt sich seinen Weg. Ich gehe zu ihnen und lehne meinen Kopf gegen ihre Schulter.

Ein bellendes Lachen reißt uns aus unseren Überlegungen. Der andere ist zurück. Von Hasenau windet sich in Colins Griff, der geistesgegenwärtig zur Stelle ist und ihn festhält.

„Ich werde nicht ruhen, bis ihr den Weg für mich öffnet. Ich werde niemals aufgeben. Ich werde der Dämon sein, der die Seele des alten Mannes quält und, wenn es sein muss, bis in alle Ewigkeit.“

Ich stehe auf und gehe auf ihn zu und auf einmal weicht er zurück. Er sieht etwas, das er nicht erwartet hat und das ich selbst noch nicht ganz verstehe. Aber ich weiß, dass es nur

eine Möglichkeit gibt, wie alles, was zerstört wurde, wieder zusammengefügt werde kann.

Ich drehe mich zu meinen Eltern, Milly und David um und winke ihnen zum Abschied. Dann greife ich tief in die Schatten. Tiefer. Anstatt mich hinein zu hüllen, ziehe ich den Vorhang zur Seite. Ich fühle kleine seelenvolle Augen auf mir ruhen und gehe hindurch. Hinein ins Land der Maus – ins Land der Märchen.

- 4 -

HINTER DEM VORHANG

Es war einmal ein Mädchen, das lebte nur zur Hälfte. Seine Stimme war in seinem Inneren gefangen, zusammen mit seinen Gefühlen und seinem Lächeln. Das Mädchen scheute vor der Berührung der Menschen zurück, denn jeder Kontakt erinnerte es an den Teil seiner selbst, der nur als Schatten existierte – leer und leblos.

Hinter den Augen des Mädchens wuchs ein Labyrinth, in dessen Mitte dieser Schatten lauerte. Immer mehr entfernte sie sich von der Welt und verlor sich in den Windungen dieses Irrgartens. Weil das Mädchen aber einen Vater und ein paar wenige Freunde hatte, die es liebten, verschwand es niemals vollkommen im Labyrinth. Doch es verging kein Tag, an dem es nicht wünschte, die Mauern in ihm würden einstürzen und der Schatten möge einem hellen Licht weichen – einem Licht, das alles wieder gut machen würde.

Eines Tages wurde die kleine halbe Welt, die das Mädchen kannte, auf den Kopf gestellt, und alles, was ihm lieb war, wurde ihm genommen. In dieser Stunde größter Not war es, dass es in sich etwas fand, das es vorher nicht wahrgenommen hatte. Als die Welt einstürzte, ging es tief in das Labyrinth hinein und es war ihm egal, ob es wieder herauskommen würde. Als es zum Zentrum des Irrgartens kam, dahin, wo ihre andere Hälfte hätte sein müssen, fand es nur den Schatten, doch diesmal nahm es den Schatten bei der Hand und zog an ihm. Da gab er nach und glitt zur Seite. Im Labyrinth hinter seinen Augen öffnete sich ein Tor – und es ging hindurch.

***

Es war einmal ein Mädchen, das erwachte auf einem Bett aus weichem Moos – wie schon manch ein Wanderer vor ihm. Es blickte in den Himmel und sah Sterne, obwohl es Tag war. Der Mond glomm trüb neben der Sonne – zwei ungleiche Geschwister am Firmament vereint. Grün umtoste das Mädchen wie ein Meer – sprudelndes Moos und wogendes Gras, sich auftürmende Bäume und peitschende Ranken. Es war ein Wald, in dem es sich treiben lassen konnte, doch er hatte auch Untiefen und Schatten, die unter seiner Oberfläche wirbelten.

Das Mädchen erhob sich, denn es war in dieser Welt, um wieder ganz zu werden. Und da saß die Maus. Eigentlich hatte es die Maus schon sein Leben lang gekannt. Sie hatte stets im Schatten gewartet und über das halbe Mädchen gewacht. Einmal hatte sie ihm geholfen und es vor den toten Augen gerettet. Hier war ihre Welt und sie hieß das Mädchen willkommen.

„Was begehrst du?", fragte die Maus.

„Ich will wieder ganz werden und andere ganz werden lassen."

Da blickte die Maus traurig drein.

„Ich sehe Schmerz auf deinem Weg."

Das Mädchen lächelte. Es war ein starkes, trauriges Lächeln.

„Ich kenne den Schmerz. Er ist ein alter Gefährte."

Die Maus nickte und sprang von dem Baumstumpf, auf dem sie gesessen hatte, in die Laubwogen und trippelte voran. Und das Mädchen folgte ihr. Als es unter dem Blätterdach der Baumriesen dahinwanderte, war es auf einmal so glücklich wie selten in seinem Leben. Alles hier schien frei und ungehemmt – so wie es sein wollte. Rein war diese Welt und unberührt, denn sie hatte noch eine Seele und die wisperte dem Mädchen sanfte Worte ins Herz.

Seine Brust atmete freier als je zuvor. Die Füße, die über Wurzeladern und weiches Laub schritten, waren so leicht, als würden sie gleich vom Boden abheben. Es wanderte immer so weiter und die Zeit löste sich auf. Alles verlor an Bedeutung außer seinen Schritten, dem Wald, der Suche, auf die es sich begeben hatte und seiner kleinen, pelzigen Gefährtin.

Sie kamen an einen Hügel, in dem der Eingang einer Höhle gähnte. Schwarz war es darin und ein strenger Geruch schlug ihnen entgegen.

„Hier erwartet dich deine erste Prüfung", erklärte die Maus.

Das Mädchen hatte plötzlich Angst und wollte nichts lieber, als wieder zu gehen, aber es wusste, dass es nicht aufgeben würde – nicht um alles in der Welt. Und auch als es ein tiefes Grollen aus der Schwärze vernahm, blieb es standhaft. Plötzlich tauchte eine massige Gestalt im Eingang der Höhle auf – ein Berg aus Muskeln und zottigem Fell.

Der riesenhafte Bär sah das Mädchen an und es erstarrte, wie es einst im Griff des Frostriesen erstarrt war. Schaum tropfte von seinen mächtigen Fängen, als er tief brummend näherkam. Dann standen sie einander gegenüber und das Mädchen blickte in die Tiefen der Bärenaugen und erwartete, dort den Tod zu finden. Doch alles, was es sah, war Trauer und Schmerz. Da legte es die Arme um den Nacken der Bestie und küsste sie sanft auf die Nase. Das Brummen verstummte und mit menschlicher Stimme sagte der Bär leise:

„Du siehst hinter den äußeren Schein der Dinge. Du hast die erste Prüfung bestanden."

Doch das Mädchen war nicht zufrieden. Noch immer war die Trauer im Blick des Bären.

„Was ist mit dir? Was quält dich?"

„Ich bin nicht der, der ich wirklich bin. Daran krankt mein Herz."

Das Mädchen hatte Mitleid mit dem Bären. Und ohne zu wissen warum, war ihm klar, was es zu tun hatte. Wie es einst den Vor-

hang der Welt bewegt hatte, griff es in das Fell des Bären und zog. Und auf einmal erhob sich vor ihr ein goldener Schmetterling in die Lüfte und ließ die Sonne auf seinen Flügeln tanzen. Das Mädchen legte sich den Pelz des Bären wie einen Mantel um die Schultern und wandte sich an die Maus.

„Das Fell des Bären hilft zu ertragen", sagte die Maus. Dann lief sie los und das Mädchen folgte ihr wortlos.

***

Lange wanderten sie dahin und der Wald schien kein Ende zu nehmen – ein endloses grünes Meer voller dunkler Schatten.

„Was kommt nach dem Wald?", fragte das Mädchen seine Begleiterin.

„Der Wald ist die Welt", erwiderte die Maus.

Das Mädchen verstand, denn es wusste, was die Maus meinte. Auch ihre Welt war einmal grün und rein gewesen – ein grüner Ozean, bis er unter der Hand der Menschen ausgetrocknet war. Die Baumriesen hier waren das, wonach sich Bäume daheim in ihren Träumen sehnten – doch diese Träume sollten ihnen nicht erfüllt werden.

Wie gern wollte das Mädchen seine eigene kranke Welt heilen, doch ein Teil des neuen Wissens, das es hier erfüllte, sagte ihm, dass es die Welt nicht ändern konnte. Vielleicht aber lag es in sei-

ner Macht, ein Staubkorn im Sand der Zeit zu bewegen – und selbst das war unendlich schwer. Doch auch in diesem Staubkorn konnte sich eine ganze Welt verbergen und auch diese Welt war es wert, gerettet zu werden.

Während sie über ein kleines Bachrinnsal setzten, bemerkte das Mädchen einen Fuchs im nahen Gebüsch. Nur seine Ohren und die Spitze seines feurigen Schweifs schauten aus dem Blätterdickicht. Er beachtete sie nicht, denn er schien zu schlafen.

„Dies ist deine zweite Prüfung“, sagte die Maus.

Das Mädchen war bereits auf den Fuchs zugegangen, denn es fühlte sich magisch von ihm angezogen. Es trat näher und war sich des gespannten Blicks der Maus bewusst. Dann streckte es eine Hand aus, die vor Aufregung zitterte, und berührte den weichen Pelz des Tieres. Der Fuchs aber erwachte nicht. Da bemerkte das Mädchen, dass seine rechte Vorderpfote schwarz verschmiert war. Es schaute genauer ins Dickicht hinein und erblickte unter dem roten Pelz Seiten aus Papier und ein Tintenfass.

Auf einmal kam Bewegung in den Körper unter seinen tastenden Händen und das Mädchen beobachtete, wie der schlafende Fuchs die Pfote in das Tintenfass tauchte und ohne zu erwachen auf das Papier schrieb. Sie nahm das Blatt, auf dem er geschrieben hatte, und begann zu lesen. Es war ein Märchen – das Märchen von einem halben Mädchen, das ganz werden wollte – und es nahm es mit sich, weil es schon immer ihm gehört hatte. Tränen traten in die Augen des Mädchens und es küsste den Fuchs auf seine klei-

ne, schwarze Nase, wie es auch den Bären geküsst hatte.

„Märchen befreien den Fluss des Herzens", sagte die Maus. Und dann setzten die beiden ihren Weg fort.

***

Während sie wieder im satten Grün gingen, stellte das Mädchen plötzlich fest, dass die Zeit stillstand – und das schon seit seiner Ankunft. Dieser Wald, der eine ganze Welt war, lag außerhalb von Raum und Zeit. Da wurde ihm klar, dass der Weg, den sie gingen, keine Bedeutung hatte. Ohne Zeit und Raum war er gerade eben so lang, wie er sein musste. Also beschloss das Mädchen am Ziel zu sein. Und dann war es am Ziel.

Vor ihnen ragte ein weiterer Berg in die Höhe. Es war ein kleiner Berg, fast nur ein Hügel und er war ganz und gar mit dem wogenden Grün überzogen. Und doch spürte das Mädchen, dass er größer war als alle Gebirge in allen Welten. Er war das Zentrum dieser Welten – und er hütete ein Geheimnis, das noch nie ein Mensch zuvor gelüftet hatte. Am Fuß des Hügels war ein Tor. Es war ganz aus Holz und Moos wuchs daran. Das Schloss jedoch glänzte silbrig wie Sternenlicht. Als das Mädchen zur Maus blickte, saß diese neben einem großen silbernen Schlüssel. Ihre kleine Pfote ruhte darauf.

„Deine letzte Prüfung liegt vor dir. Lüfte das Geheimnis hinter der Tür und alles, was du dir wünschst, soll in Erfüllung gehen."

Das Mädchen nahm den Schlüssel auf und wog ihn in der Hand. Er war ganz leicht und doch hatte er das Gewicht aller Welten. Es trat um die Tür herum und steckte den Schlüssel ins Schlüsselloch. Aber dann hielt es inne.

„Ich bin nur ein Mensch – und nicht mal ein ganzer", sagte es leise.

„Das Geheimnis verdient es, bewahrt zu werden. Ich habe die Verantwortung für meine eigene kleine Welt, doch alle anderen Welten sollen nach ihren eigenen Gesetzen leben. So wie es ist, ist es immer richtig gewesen und ich kann nicht das verderben, was ich hier lieben gelernt habe."

Damit zog das Mädchen den Schlüssel aus dem Schloss und brach ihn entzwei. Dann küsste es auch die Maus auf Nase.

„Das ungelüftete Geheimnis schenkt Vertrauen", sagte die Maus und dann lächelte sie.

Das Mädchen lächelte zurück, denn es hatte eine Entscheidung getroffen. Es nahm das Bärenfell von seinen Schultern – das Geschenk alles zu ertragen – und legte es auf den Boden. Dann nahm sie das Märchen aus der Tasche – das Geschenk ihr Herz zu offenbaren – und legte es darauf. Zuoberst bettete sie den zerbrochenen Schlüssel – das Geschenk von Vertrauen.

Dann hauchte sie darauf und Feuer loderte auf. Und wie die Maus gesagt hatte, war da Schmerz – beißend und heiß –, aber es war ein guter Schmerz. Die Geschenke fingen Feuer und bald war nur noch Asche übrig. Das Mädchen nahm eine Handvoll Asche und schaute ein letztes Mal zu ihrer Gefährtin.

„Du bist ein Kind beider Welten“, sagte die Maus. „Du kannst für immer hierbleiben.“

Das Mädchen aber schüttelte den Kopf.

„Ich gehöre zu denen, die ich liebe. Das weiß ich jetzt. Und es gibt eine Welt, in der ich jemanden retten kann.“

Dann zog das Mädchen den Vorhang im Schatten beiseite und ging nach Hause.

- IM HIER UND JETZT -

Als der Schleier des Schattens sich von meinen Augen hebt, sehe ich zuerst David. Er steht da, gefangen im Wunsch mich zu umarmen und der Angst zurückgewiesen zu werden. Ich gehe zu ihm und lege den Kopf an seine Schulter. Er riecht nach Angst und Liebe.

„Es ist alles gut“, murmle ich leise.

Ich gehe auf Herrn von Hasenau zu. Er ist auf einen Stuhl gefesselt und sein Gesicht ist schmerzverzerrt. Er kämpft gegen den Anderen, will ihm nicht die Kontrolle überlassen. Ich habe keine Erinnerung mehr an das, was hinter dem Vorhang war, aber ich weiß, dass ich zurückgekommen bin, um den Anderen zu vertreiben. Der Frostriese hält mein Gesicht noch immer in der Starre gefangen, aber es schmerzt mich nicht mehr. Die andere Julia, das habe ich hinter dem Vorhang gelernt, ist in mir und sie ist da, auch wenn sie nur wenige Menschen sehen können – Menschen wie mein Vater, meine Mutter, David und Milly. Und das ist mehr als genug.

Ich halte die Hand vor den Mund und gehe dicht an den alten Mann heran. Dann puste ich sacht auf das Häufchen Asche auf meiner Handfläche. Eine kleine Staubwolke hüllt ihn ein und er hustet bellend. Als der Aschestaub sich gelegt hat, sehe ich, wie sich seine Augen klären. Das Gelb verschwindet und mit ihm geht auch der stechende Geruch. Herr von Hasenau lächelt mich an und dann küsst er mich auf die Stirn und obwohl ich mich etwas steif mache, lasse ich es zu. Dann gehen wir nach Hause.

EPILOG

Nun sitze ich am Schreibtisch und beende mit diesen Worten meine Geschichte. Vielleicht hat sie Euch etwas gesagt, vielleicht aber auch nicht. Ich habe nicht aus dem Labyrinth hinter meinen Augen herausgefunden. Ich bin nicht ganz geworden oder habe die Welt verändert. Doch wenn ich jetzt durch diesen Irrgarten gehe, weiß ich, dass ich dort nicht allein bin – und zwischen den Dornenhecken höre ich ein leises Trippeln.

Und auch wenn der Frostriese noch immer mein Begleiter ist, weiß ich zum ersten Mal, dass ich noch immer ein halbes Herz habe. Aber das ist mehr als genug.

ÜBER DEN AUTOR

In seinem Bau träumt der Fuchs des Nachts Geschichten. Mit halbgeschlossenen Augen taucht er die Pfote ins Tintenfass und schreibt sie leise nieder. Christoph Große alias Fuchstraum widmet sich vor allem Texten, in denen Phantasie und Melancholie eng miteinander verwoben sind. Tief im Wald seiner Traumwelt schlägt sein Herz.

DANKSAGUNGEN

Mein Dank gebührt zuallererst Ramona Hoidn-Stock und Maik Stock vom PROOF Verlag für die tolle Betreuung.

Wie immer danke ich den Mitgliedern der Aktionsgruppe Eskapismus Antje Lampe und Frederic Schulz für ihre Freundschaft und ihre Expertise – und besonders für Kaffee Warschau und konspirative Treffen.

Danke an alle Probeleser*innen für ihre Einsichten und Vorschläge. Ohne sie wäre das Leseerlebnis deutlich holperiger ausgefallen.

Mein Vater sagt oft: „J[...]
auf zwei Beinen.“ Und er hat Recht. In mir sind unzählige Windungen und Biegungen und viele Sackgassen. Man verläuft sich in mir – und oft verlaufe ich mich selbst.

Zwischen Julia und der Welt, die sie umgibt, gähnt ein Abgrund. Als ihr Vater eines Nachts verschwindet, beginnt ihre Reise in genau diesen Abgrund. Während sie einer wilden Puzzlespur durch die Stadt folgt, greifen die Schatten der Vergangenheit nach ihr und sie beginnt einen Kampf gegen ungeahnte Widersacher.

Die größte Gefahr jedoch lauert in ihr.

9 783981 955354

PROOF Verlag Erfurt